나는 태어날 때부터 왕따였다

나는 태어날 때부터 왕따였다

나는

태어날 때부터 왕따였다

김희진 지음

공감

서문

나는 많은 세월 왕따를 당하며 살아왔던 셈이다. 어렸기에 아무런 힘이 없었다. 어려서 아무것도 할 수 없었다.

그래서 나는 어린애들한테 관심이 많다. 혹 왕따를 당하고 있지는 않은지, 어디서 괴롭힘을 받고 있지는 않은지. 만약 그렇다면 반드시 그것을 해결해 주어야 한다. 원인을 찾아서 해결해 주어야 하지 않겠는가. 더 늦기 전에…. 그리고 꿋꿋하게 살아남아서 어른이 되면 자기 세계의 꿈을 이루어야 하지 않겠는가?

어른이라고 다르지 않다. 혹 직장에서나 살아가면서 왕따 비슷한 일을 겪고 있지는 않은지…. 나는 그런 모든 사람에게 희망을 주고 싶다. 그동안 살아온 모든 경력을 의지 삼아 그 어떤 왕따라도 능히 헤쳐 나갈 수 있는 힘과 용기를 주고 싶다. 그리고 그렇게 살아 나가도록 해 주고 싶다.

세상의 모든 왕따에게 희망을 주어, 그들이 웃으며 삶을 살아가도록 해 주고 싶다. 그리고 이 책을 읽는 모든 독자도 이 글을 읽고 희망을 가지고 열심히 인생을 살아가기를 희망한다. 세상에 존재하는 크고 작은 왕따를 우리는 반드시 이기고 힘차게 살아 나가야 할 것이다.

목차

Part. 1

초등학교 6년을
왕따로 지냈다

나는 태어나면서부터 왕따였다

나는 혈액형이 O형으로, 활발하고 사교적이며 적극적이고 사려심 깊고 남을 너무 배려하고 너무 솔직해서 종종 손해를 본다. 이런 나는 처음부터 왕따였다.

1968년 2월 5일, 천사 같은 엄마 뱃속에서 태어났고, 땡벌 같은 아버지 밑에서 커 나갔다. 나는 어릴 때 끼가 많고 라디오에서 흘러나오는 음악에 따라 춤도 잘 추고 순진무구한, 그야말로 어린 생명 소녀, 너무 작은 점이었다. 이렇게 계속 컸으면 얼마나 좋았을까!

나의 아버지는 고지식하고 무력을 행사하는 등 완고한 태도로 나의 끼를 누르며 나의 무궁무진한 미래를 막았다. 늘 꾸지람과 질타 그리고 아버지의 고함소리에 깜짝 놀라 나의 영혼은 움츠러들었으며, 결국 작은 솜털같이 근근이 삶을 영위하고 있었다. 나는 늘 밭이나 논에 나가 일했으며, 학교 들어가기 전인 5살부터 아버지의 엄하고 서릿발 같은 환경 속에서 소가 먹는 풀을 뜯어 소죽을 끓여야 했다. 하지 못할 때엔 가차 없이 아버지의 매를 맞고 질타를 받아야 했다. 물론 동생들도 같은 폭풍의 질타를 받았다. 그래서 나는 늘 허무한 삶을 시로 노래했고, 억지로 쓰는 일기장에도 덧없는 인생을 써야만 했다.

너무나 암울하고 희망이 없는 채로 학교 가기가 너무 싫었다. 그런 가운데 하나의 희망이 된 것은 바로 책 읽기였다. 나는 책 읽기를 좋아했고, 재미있는 책을 읽고 위안을 얻었으며, 상상의 나래를 펼쳤다. 또한 엄마의 늘 웃는 천사 같은 모습에서 위안을 받으며 근근이 살 수 있었다.

아버지가 장에 가시는 날이었다. 아버지는 어깨에 장에 가져갈 꾸러미를 메고 있었다.

"순아 너희 이 콩밭 다 매어 놓고 놀아라. 돈 내기다(자기 분량만 얼른 하는 것)."

나는 아버지를 하루 동안 보지 않음에 기뻤지만, 콩밭의 길게 뻗어 있는 콩 골을 보니 한숨이 절로 나왔다.

‘언제 저것을 다 매나!’

해서 동생에게 제안을 했다.

“5골은 내가 할 테니 나머지 5골은 네가 해라.”

나는 조금 많게 동생에게 떼 줬다. 이에 동생은 불만을 표했지만 나는 아랑곳하지 않고 내 분량만큼의 김을 매었다. 그런데 남동생은 더 빨리 매고 저 멀리 가고 있는 게 아닌가! 남자라 여자인 나보다 속도가 더 빨랐던 것이다. 나는 속이 상해서 다시 동생과 타협을 보기로 했다. 이에 동생은 발끈해서 나에게 덤벼들었고 우리는 완전 붙어서 육박전이 벌어졌다. 서로 할퀴고 입에서는 연발 욕을 하며 씩씩거렸다. 우리는 그때 한 치의 양보도 없었다. 나는 남동생보다 1살 위라 어릴 때는 내가 이길 수 있었다. 싸움의 잔유물이 남아 온 얼굴에 손톱이 긁힌 흔적이 남았지만, 내가 이겼으니 속으로 쾌재를 불렀다. 그럼에도 나머지 콩밭은 다 매야 했기에 땀을 뻘뻘 흘리며 수건을 머리에 한 장 쓰고 아버지의 엄한 명령에 따라서 오전 내내 그 콩밭을 매었다. 얼굴이 온통 벌겋게 달아올라 더위까지 먹었다.

장에 갔던 아버지, 엄마가 돌아오셨다. 우리는 아무 일 없었던 것처럼 부모님을 맞았고, 아버지는 콩밭을 잘 맸다고 칭찬까지 하셨으며, 그 부산물로 장에서 싸 온 사탕까지 얻어먹었다.

그렇지만 늘 내 마음속엔 아버지의 그 윽박지르는 잔상이 깊이 배어서 나를 늘 힘들게 했다.

이렇게 힘들게 크다 보니 나란 존재는 없어지고 소극적이며 힘도 없는 내 틀에 꼭꼭 싸여 있는 어린이가 되었다. 그래서 학교에서도 왕따였다. 우리 마을엔 내 또래가 나까지 합해서 3명이었다. 장 씨 성을 가진 동기 2명. 초등학교에 같이 가도 늘 걔들 둘이만 뭉쳤다. 그들 속에 끼려면 꼭 연필 1자루와 돈 10원을 주어야 했다. 당시 돈 10원이면 사탕 10개를 사 먹을 수 있었다. 그런 생활을 6년간 했다.

나는 학교 가기 전 아버지의 스파르타 교육 방식 덕분에 한글과 수학을 떼고, 온 동네 언니들의 교과서에 있는 글을 다 읽었다. 그러니 조그마한 우리 동네에 천재가 나왔다고 소문이 났다. 학원도 없던 시절이라 글을 깨치고 학교 가는 일은 거의 없었으니까,

나는 국어를 좋아했다. 반대로 산수는 10문제 내어 1개 틀리면 서릿발 같은 아버지의 훈계가 있었기에 주눅이 들었다.

초등학교 등교 첫날

어느 날 아침 아버지가 약간은 흥분된 듯한 얼굴로 "순아 너 학교 갈래?" 하고 물었다. 일찍이 나와는 맞지 않는 세계가 있는 것을 알았다면 절대 가지 않았을 터인데, 학교는 재밌고 좋은 곳이라고 인식시켜 준 사촌 언니가 있었다. 그 언니는 늘 손톱에 분홍색 물을 들일 수 있는 얇은 종이를 들고 다녔고, 선심 쓰듯 나의 작은 손톱에 그 물감을 들여 주며 학교는 좋은 곳이라고 이 야기해 줬다. 그래서 나는 그곳이 별천지구나 했다. 그런데 그 언니는 결국 중퇴를 했다. 아마 그 언니도 지옥이었을 것이다.

이른 아침 처음 학교 가는 날이었다. 생전 아침 일찍 세수도 않던 애를 엄마는 세수도 시키고 그나마 새 옷도 입힌 채 아버지의 자전거 뒷좌석에 앉아 꿈의 학교로 등교하게 했다. 아버지가 가기 전에 "너 내년에 가지 않을래?" 하고 물었지만 나는 지금 가고 싶었다. 호기심 많고 모험심 많은 나였기에, 털털거리는 자전거를 탄 덕분에 엉덩이가 조금 아팠지만 그건 문제가 되지 않았다.

아주 큰 학교와 넓은 운동장을 지나 1학년 1반 교실에 들어서자 많은 아이들이 보였다. 선생님이 칠판에다 자기 이름을 썼다. 1반 김옥선. 2반 선생님은 하복선. 차라리 2반의 천사, 하복선 선생님을 만났더라면 내 인생이 꾸깃꾸깃하지는 않았을 것이다.

나의 담임은 받아쓰기 10문항을 하고 1문제가 틀리면 약간 굵고 짧은 매로 작은 손가락을 탁탁 때렸다. 그러면 손가락은 통통 부었다가 금방 괜찮아진다. 나는 처음엔 1개 정도 틀렸는데 이에 주눅이 들고 선생님이 아버지처럼 꼴도 보기 싫어 학교 가기가 정말 싫었고, 공부도 쳐다보기도 싫어 담을 쌓았다. 그렇지만 성적은 잘 나왔기에 부모님은 내가 학교에 잘 다니는 줄 알았다. 정말 죽기보다 싫었지만 서릿발 같은 아버지 때문에 중간 학교(학교 가다가 끝까지 안 가고 중간에서 놀다가 집에 돌아가는 것)도 못했다.

그때는 도시락을 싸서 메고 갔다. 반찬은 굵은 멸치 볶은 거 몇 개 아니면 김치여서, 학교 가면 빨갛게 김치 국물이 필통과 책을 물들였다. 나는 말도 잘 못하고 조용한 아이었다. 언니나 오빠라도 있었으면 도움이라도 받았을 텐데 나는 늘 혼자였다. 그럼에도 나름 씩씩한 아이여서 고무줄놀이도 잘하고 돌멩이로 치는(빤돌 받기) 것 등 약간 체육 쪽으로 순발력은 있었다. 그래서 늘 체육 시간이 기다려졌다. 고무줄놀이나 그런 것들을 잘하니, 나를 왕따시키는 아이들이 나를 더 못살게 수근덕거리며 나를 괴롭혔다. 그래도 나는 어떤 부분에서는 절대 지지 않았다. 특히 운동회 할 때는 늘 1등으로 공책을 수두룩하게 받아서 집으로 가져가고는 했다. 운동회 마지막 시간 계주로 뽑혀 이어달리기도 했다. 처음 선수로 뽑혀 뛸 때는 작은 체구였음에도 발은 남다르게 빨라 발이 보이지 않았다고 한다. 동네 친척 오빠로부터 "야! 인순아 네 발이 안 보이더라" 하는 칭찬까지 받았다. 나는 부끄러워 말 한마디 하지 못했다. 너무 소극적이었기에, 내가 가는 곳은 왜 그리 걱정이 되든지, 가는 곳마다 걱정이 되었나.

집에 오면 아버지 걱정, 학교 가면 선생님 및 반 아이들 걱정, 또 누군가 나를 질타하지나 않나 해서 지레 주눅이 들고 모든 게 근심걱정이었다. 그래서 나의 유년 시절은 암흑으로 뒤덮여 암울하고도 희망이 없는 시기였다. 그런 나에게도 돌파구가 하나 있다면 학교 내 문교 교실에 가서 재밌는 책을 한 권 빌려서 그 책을 보며 그 십 리나 되는 길을 가는 것이었고, 집에서도 놀러 가지 않고 집에서 책을 읽는 것이 나의 유일한 낙이었다. 동네 애들하고 어울리기도 싫었고 괜히 욕할 것 같고, 아무튼 나는 우리 학교 책을 역사 분야 빼고 거의 다 읽었다. 그 책도 모자라면 학교에 허가받지 않은 장사꾼들이 이야기책, 동화책을 가지고 와서 애들을 꼬드겨 사게 만든다. 나는 어김없이 그 책을 구입했다. 엄마한테 공책 산다고 거짓말까지 하고 돈을 받아서 말이다.

우리 마을에선 우리가 꽤 잘살았다고 한다. 나는 몰랐고 나와 별로 상관없었지만 잘살았기에 동네에서도 우리 집은 나름 왕따 가정이었다. 남들은 못사는데 우리 집과 큰 할머니 집은 동네에서 최고로 잘살았다. 그러니 더 시기 질투로 왕따를 당했다. 표 나게는 안 했지만 은근히 왕따, 그것이 더 사람 힘들게 하는 것 같았다. 남들이 가지지 않은 걸 가졌으니 시기 질투도 많았으리라. 그때 시절은 육성회비라는 것이 있었다. 나는 선생님 말이 떨어지기가 무섭게 그걸 가져갔다. "엄마 학교에 육성회비 나왔어." 그러면 엄만 바로 챙겨 주셨다. 우리 마을에서 내가

1등으로 회비를 냈다. 나는 모든 아이들이 당연히 나처럼 내는 줄 알았다. 그런 줄 알았다. 그런데 나만 그랬다. 나는 그걸 못 내는 아이들을 이상하게 생각했다. '왜 그렇지?'

　　나는 부모들이 뒤쪽에다 돈을 쌓아 놓고 있는 줄 알았다. 중학교 때 경제를 모르는 아버지의 정책에 따라 우리 집은 망하게 되었다. 소 파동 때 소값이 아주 비쌀 때 왜 소를 샀는지…. 내려가는 줄 몰랐겠지. 송아지 3마리를 비싼 가격에 샀는데 소값이 완전 '헐' 하게 되어 버렸다. 그래서 우리 1남 5녀 중 제일 맏이 바로 밑의 남동생을 남자라서 대학교를 무리하게 보냈지만 결국 취미가 없어서 중퇴를 했다. 나와 내 동생들 모두 아버지의 피해자였다. 모두 어떻게 보면 소극적이고 말도 잘 못하고 남들한테 이용만 당하고 마음은 모두 여려서 눈물 많고, 나는 장녀라서 그 모든 것이 내 힘에 부쳤다. 여동생들은 일반 고등학교에 못 가고 다 (요즘은 있는지 모르지만 일하면서 야간 고등학교로 가는) 산업체 고등학교를 나왔다. 막내는 엄마가 회사를 다녀서 일반 고등학교를 보내 줬다.

가을 운동회

초등학교 운동회 날이었다. 온 운동장엔 만국기가 색색이 달려 휘날리고, 애들의 마음속엔 승부욕이 휘날리고, 그럼에도 불구하고 꼴찌는 '어떡하지! 어떡하지!' 했을 것이다. 맨날 꼴찌 하니까. 남들은 우스워 보이겠지만 그들은 온 산이 무너지는 기분이었을 것이다. 부모님들도 다 오니까, 기가 꺾여서 고개들도 못 들었고, 공부 잘하는 애들도 그것만큼은 힘을 못 썼다.

나는 운동은 잘했다. 그래서 체육 시간도 기다려지곤 했다. 어느 한 애가 내게 물었다. "어떻게 하면 달리기 잘해서 공책을 3권씩 탈 수 있어?" 이에 나는 농담으로 대응했다. "어떻게 하면 달리기 못해서 공책을 한 권도 못 타는 거야?"

권태옥이라는 여자아이가 있었다. 걔는 사사건건 날 괴롭

했다. 운동회 날 부모님들은 체육복으로 위에는 흰 런닝, 밑에는 옆 흰 라인이 두 줄 쳐진 까만 고무줄이 들어간 사각팬티, 그것이 체육복이었다. 나도 자랑스럽게 새 체육복을 입고 운동장 준비 조에 앉아 있었다. 그런데 갑자기 한 줌의 흙이 내 쪽으로 쏟아져 나의 머리에 옷에 뿌려졌다. 나는 곧 범인을 찾았지만 다들 모른 척하고 있었다. 범인인 애는 미안한 마음도 없이 나에게 더 욕을 하고 덤벼들었다. 내가 응징하고 덤빌라 치면 연방 뺀질이처럼 도망가고는 했다. 정말 짜증 나는 존재였다. 왜 나를 괴롭히는 사람이 이렇게 많지? 정말 슬픈 현상이 우울한 나를 형성하게 만들었다. 그래서 나는 늘 슬프고 우울했다. 학교 가기가 죽어도 싫었지만 다녔다. 내 주위엔 날 괴롭히는 애들이 많았다.

옆 짝꿍이 나를 왕따시킨 날

옆 짝꿍도 그중 한 명이었다. 이름은 원추석, 걔는 남자였다. 늘 책상 위에 자기가 더 많고 넓게 칼로 줄을 그어서 자기 자리라고 했다. 하루는 미술 시간이었는데 새가 스스로 서 있는 형상을 만들라고 했다. 나는 아무리 궁리해도 새가 서 있는 형상을 만들지 못했다. 반면 옆 짝꿍 추석이에게는 6학년짜리 누나가 있었다. 그 누나가 와서 그 새를 만들어 줬는데 나도 보고 배워서 만들려고 하니, 그 누나와 추석이는 아예 쳐다보지도 못하게 하고 눈을 부라리며 겁을 주고, 짝꿍은 책상에도 넘어오지도 말라며 책상 중간에 훨씬 많게 줄을 그었다. 짝꿍뿐이라면 덤벼서라도 한 번 혼꾸멍을 내고 싶었지만 누나가 있어 역부족이었다. 내 위에 언니나 오빠가 없는 것이 제일 서러웠다. 그래도 그날 나는 서 있는 새를 만들 수 있었다.

추석이는 계속 내 짝꿍이 되지 못했다. 담임이 나를 왕따시켜 자리를 옮겨 버린 것이었다. 나도 추석이가 정말 마음에 들지 않았는데 잘 되었다는 생각이 들었다. 그 후 걔는 다른 반으로 갔는지 보이지 않았고, 나는 다른 여자 짝꿍, 콧물을 늘 훌쩍거리는 애와 같이 앉게 되었다. 걔는 늘 누런 코를 훌쩍거리며 연방 코를 닦아댔다. 나는 '쟤는 부모가 병원에 안 데리고 가나?' 하고 생각했다. 걔 이름이 권태순으로, 태순이는 초등학교 6학년 내내 코를 훌쩍거렸다.

아버지 친구 선생님

　우리 학교 교정 둘레엔 자두나무가 운동장 바깥 쪽으로 둘러쳐져 가을이면 빨갛게 나의 침샘을 자극한다. 우리 학교의 미술선생님이 그림도 잘 그리고 사과 농사도 잘 짓고 교정엔 자두나무를 심어 빨간 자두를 간식으로 주셨다. 내가 존경하는 선생님인 성기용 선생님은 우리 아버지의 학교 동기이자 친구셨다. '초등학교 때 줄반장을 하고 공부를 잘하셨던 아버지와 달리 왜 딸은 저래 공부를 못할까?' 하며 늘 나를 눈여겨보시며 '언제나 그 천재성이 나올 수 있을까?' 생각하는 것 같았다. 내가 5학년 때 선생님은 칠판에 서서 우리를 보시며 이런 말씀도 하셨다. 천재는 머리가 늦게 떠진다고. 그런 말을 하시며 우리 쪽을 보셨다. 나는 수업에 안 맞는 말을 왜 하시는지 이해가 되지 않았는데, 나중에 알고 보니 나를 두고 하신 말씀이었다. 나는 '저 선생님이 나를 보나? 나를 보고 있는 것이 맞는가? 왜 저런 말을 하지? 아버지 친구라 하던데?' 생각할 뿐이었다.

선생님은 가끔 우리 집에도 왔다. 아버지한테 물포구나무라는 약초를 부탁하기도 했다. 여름방학 때 당번이라 학교에 갔는데 마침 선생님이 학교에 계셨고, 사과를 챙겨 주셨는데 그중에 제일 큰 사과를 내가 차지하고 말았다. 내가 철이 없었던 시절, 아무것도 모르던 시절 그 선생님은 나를 늘 챙겨 주고 계셨던 것이다.

체육 시간이었다. 우리는 철봉 운동을 하고 있었다. 그때 엄마가 장에 갔다 오시는 길에 학교를 들렀는데 우리에게 찾아오셨다. 나는 엄마에게 철봉을 잘 오른다는 걸 보여 주고 싶어서 연방 철봉에 매달렸지만 그게 잘 되지 않았다. 선생님이 잠깐 손으로 도와주셨는데, 갑자기 쑥 잘 넘어갔다. 나는 너무 좋았다. 아버지 친구 선생님은 내가 잘하고 있다고, 또 선생님이 잘 가르치고 있다고, 엄마께 보이고 싶었을 것이다.

나를 예쁘게 본 배두연 선생님

초등학교 2학년 때 배두연이라는 선생님이 계셨는데 그 선생님은 유일하게 나를 예뻐라 해 주셨다. 수학 시간에 구구단을 외워야 했는데 나는 애들보다 먼저 그것을 외울 줄 알았다. 그럼에도 차마 부끄러워 손을 들지 못했다. 그런데 갑자기 선생님이 "김희진" 하고 호명을 한 것이다. 나는 속으로 깜짝 놀랐지만 슬그머니 일어나 가슴 떨리면서도 구구단을 외웠다. 선생님은 흐뭇하게 바라보시며 잘 외운다고 칭찬을 하셨다.

초등학교 때 유일하게 그 선생님을 좋아했다. 그런데 다음 해에 선생님이 자꾸 보이지 않았다. 나중에 안 사실인데 그 선생님은 다른 학교로 전근가신 것이었다. 나는 자주 선생님의 아련한 기억을 더듬으며 혼자 슬퍼했다.

　　3학년이 되었을 때 김행기 선생님의 반이 되었다. 이 선생님은 1학년 선생님과 흡사 닮아 별로 좋아하지 않았다. 아니나 다를까, 사건이 터진 건 시험 기간이었다. 선생님이 갑자기 책상을 물리고 시험을 친다며 의자만 따로 몇 개 두고 아이들 사이를 갈라놓았다. 그리고 같이 모여 있지 말라는 말을 했다. 그때 나는 잠시 같이 있던 애와 이야기를 했는데 어떤 남자가 선생님한테 내가 시험지를 커닝한다고 고자질을 한 것이다. 그 선생님은 알아보지도 않고 사정없이 나에게 매질을 했다. 머리며 어깨며.

　　나는 그 선생님을 증오했다. 매일 아버지께 맞으며 자랐는데 학교에 와서도 매를 맞다니, 나는 억울했다. 그렇지만 집에 가서 말 한마디 하지 않았다. 아버지의 질타가 두려웠기 때문이다. 나는 늘 속으로 삭이고 삭였다. 지금 생각하면 그때 죽지 않고 이렇게 살아 있는 게 신기하다.

허무한 삶

일요일이면 우리는 아침 9시에 〈은하철도 999〉 만화를 보고자 했지만, 아버지는 어린 우리를 농사짓는 일을 도와야 한다며 매를 들고 논으로 끌고 갔다. 우리는 하기 싫은 농사일을 매일 도와야 했다. 그 마을에 현명한 아버지들은 절대 애들을 농사짓는 데 오지 못하게 하고 공부를 하든지 놀든지 하라고 한다. 나는 그 아버지가 존경스럽기까지 했다. 아버지는 이렇게 고함 치셨다. "이거 농사지어서 나 혼자 다 먹냐?" 다른 애들 아버지는 애들을 끔찍이 여기는데, 유독 우리 아버지는 남달랐다. 하기야 그렇게 스파르타식으로 교육시켰기에 이렇게 생활력이 강해서 사회생활 하는 데 지장이 없지, 하하하. 유년 시절이 이러했기에 나는 그 시절로 다시 돌아가라면 절대 가기 싫다.

초등학교 6학년 때 나는 어김없이 논으로 벼를 베러 갔다. 하루 종일 벼를 베고 오후가 되어 해가 그늘로 숨기 시작할 때 벼 그루터기를 보니 꼭 그 모습이 나를 닮았다는 느낌에 인생의 허무를 느꼈다. '살아 봐야 무엇하나?' 하고 '남들은 어떻게 살아가고 있지?' 궁금증이 생겼고, 살고 싶지 않다는 생각을 하고는 했다. 그리고 나의 시엔 항상 인생의 허무함을 그려 넣었다. 그때 나는 나의 혀를 살며시 깨물어봤다. 아팠다. 그런데 이렇게 아픈데 죽을 땐 더 아플 것이다. '어떻게 죽어' 하고 그럴 용기는 나지 않았다. 나는 늘 씩씩했지만 슬픈 아이었다. 나는 키가 작아서 앞에서 몇 번째, 앞에 앉은 아이들하고만 가끔 말을 했지, 친한 애들은 없었다. 애들도 나를 그리 탐탁지 않는 아이로 여기는 것 같았고, 선생님들도 그리 별로 좋아하지 않았다. 공부도 재미없고 선생님들이나 아이들도 보기 싫고 나는 늘 혼자 슬픈 아이로 컸다.

죽음과 삶의 문턱에서

그날은 학교에 정말 가기 싫었다. 몸도 좋지 않고 컨디션이 영 안 좋았다. 약간 감기 증상도 있었다. 하지만 학교에 가지 않는다고 말도 못하고 도시락에 커다란 멸치 몇 마리 싸들고 학교로 갔다.

우리 마을에는 큰 못이 있는데 그 못뚝을 지나니 갑자기 설사 증상이 찾아왔다. 나는 급히 숲속으로 들어가 볼일을 봤고, 나를 기다리던 애는 먼저 가 버렸다. 볼일을 다 보고 나니 온 주위가 조용해졌다. 그러자 학교를 가기가 더 싫어졌다.

그래서 나는 큰마음을 먹고 학교에 안 갔다. 그렇다고 집에 갈 수도 없고 어떻게 할까 고민하다 학교에서 돌아오는 애들을 기다려서 학교 갔다 온 척을 하기로 했다. 기다리는 시간은 엄청 길었다. 애들 소리가 나자 나는 그들과 합류해 집으로 돌아왔다. 그중 어떤 남자 선배가 중간 학교 했다고 나를 질타했지만 그 사건은 무사히 지나갔다.

어느 여름날 엄마는 넓은 밭을 매고 계셨고, 나는 그 밑에서 떡을 감고 있었다. 내 나이 6살, 삼각팬티 하나 입고 열심히 놀고 있었다. 콧노래를 흥얼거리며 혼자 신나게 놀고 있었다. 그곳은 전체가 바위로 되어 있어 개구리 방천(바위)이라 했다. 약간 경사가 졌고 이끼가 매끄럽게 끼어 있었다. 나는 거기로 올라타서 신나게 미끄럼틀을 타고 있었다. 처음에는 잘 내려갔는데 갑자기 속력이 나기 시작했다. 순간 '아! 이거 죽겠구나' 생각했다. 빨리 멈추어야겠다 생각하고 다 내려가서 오른발을 뻗쳐 어느 돌을 밟았다. 그 순간 아차 했다. 그곳 역시 파란 이끼로 덮여서 너무 매끄럽고 위험했다.

나는 중심을 잃었고 몸은 붕 떠서 그대로 앞으로 꼬꾸라졌다. 내 머리엔 빛처럼 '아! 나 이제 죽는구나. 나 죽으면 불쌍한 우리 엄마 어떻게 하나? 위에 오빠 한 명 죽고 나마저 죽으면 엄마가 슬퍼서 어떡하나' 했다. 타~다~닥 아주 큰소리가 났다. 내가 태어나서 들어 본 소리 중 제일 큰소리였다. '아 나 죽었나? 그런데 왜 안 아프지? 완전 죽어 버렸나?' 맨 먼저 머리를 만졌다. 다음 몸 여기저기를 만져 보았다. '아 죽지 않았구나, 신이 나를 살렸구나!' 나는 신께 감사했다. 그리고 소리가 나는 이유를 열심히 찾아보았다. 저 물 바위 밑에 하얀 게 떨어져 있었다. 분명 이빨이었다. "어? 내 이빨이 깨졌구나." 나는 내 이빨을 점검해 보았다. 그런데 이빨도 괜찮았다. '어? 이상하다.' 내 손에는 이빨이 하나 들려져 있었고 입안에 이빨도 다 있었다.

그때 밭을 매던 엄마가 오셨다. 나는 얼른 이빨을 들고 옷을 입을 새도 없이 집으로 달렸다. 큰할머니 집을 지나야 우리 집이 나온다. 집에 오자마자 이빨을 지붕 위에 던지고 까치야 헌 이빨 가져가고 새 이빨 달라고 속으로 외쳤다. 그리고 화장실에 숨어 있었다.

어느새 엄마가 왔고 나를 찾아내어 무슨 일인지 물었다. 엄마는 손에 작은 회초리를 들고 있었다. 옛날 부모님들은 애가 다치면 먼저 속상하니 애부터 때린다. 그래서 나는 무서워 도망친 것이다. 나는 아무 일도 없었다고 괜찮다고 했다. 엄마도 나를 이리저리 살피더니 다친 곳이 없는 걸 보고 화를 거두었다. 나는 안도의 한숨을 쉬었다. 그런데 그 이후로 나의 이빨은 자꾸 시리고 찬 것도 못 먹고, 심지어 찬물을 마실 때면 이빨이 너무 시렸다.

그 당시 시골은 어디 가지도 못하고 임시방편으로 대충 처리한다. 나중에 상세히 보니 이빨이 길이로 부러진 게 아니고 두께로 깨어져서 겉으로는 멀쩡해 보였다. 점점 그 이빨은 까맣게 변했고, 나는 자주 잇몸이 아팠지만, 엄마한테 말도 안 했다. 해 봤자 해결 방안이 없었으므로, 나는 늘 몸살을 앓았다. 마을 아이들과도 잘 어울리지 않았다. 책을 읽거나 집에서 동생들과 일을 했다. 아버지는 우리에게 늘 일을 시켰다. 그러니 동네 애들과 놀 틈이 없었다.

동기생들에게 왕따

　우리 마을은 산에서 나물만 먹고사는 동네라고 할 만큼 산골짜기였다. 학교도 또래들 중 제일 멀었다. 그래서 학교에 가는 날이면 일찍 일어나 서둘러야 했다. 마을의 나의 학급 동기생은 두 명이 더 있었다. 개들은 같은 성씨였고, 친척이었다. 나 혼자만 김 씨였다. 해서 자연적으로 왕따가 되었다. 나의 집은 잘살았다. 그러니 더 왕따가 되었다. 그래서 돈도 좀 주고, 연필도 주고 해서 같이 어울리기를 청했다. 처음엔 그게 효과가 있었는데 시간이 좀 지나면서 또 제자리였다. 나는 매일 안달이 났다. 늘 학교 가기 싫었다. 그렇게 초등학교 6년을 왕따로 지냈다.

그래도 나는 늘 씩씩했다. 한편으로는 부끄러움도 많이 탔다. 동기들에게는 씩씩했지만 선생님들은 굉장히 무서웠다. 집에는 아버지. 학교엔 선생님. 나는 어디 숨을 곳도, 도망갈 곳도 없었다. 그래서 나는 매일 슬프고 우울했다. 요새 같으면 휴학, 내지는 검정고시라도 치면 되었을 것이다. 나의 미래를 생각하니 늘 암울하고 끝이 없는 터널 같았다. 나는 빨리 어른이 되고 싶었다. 어려서 힘이 없었다. 그야말로 노랑 병아리였다. 노랑 병아리는 어미 닭이 되기까지 12~15년을 기다려야 한다. 하루하루가 힘들고 지루한데 나는 과연 병아리처럼 그 세월을 견딜 수 있을까?

내 주위엔 아무도 없었다. 나를 도와줄 그 누구도…. 늘 세상으로부터 시달리고 힘들었다. 그래서 나는 늘 몸살을 앓았다. 감기도 달아 놓고 살았다. 부러진 이빨이 신경이 죽어 가면서 까맣게 변하기 시작했다. 우리 엄마도 힘이 없었다. 땡벌 같은 아버지 때문에 나는 우리 엄마가 너무 불쌍했다.

까막눈의 아버지

아버지는 선천적으로 야맹증이었다. 조금만 어두워도 아무 것도 보이지 않는다. 그래서 조상들을 많이 원망했으리라. 아버지 본인이 처음 알게 된 것은 군에 들어가서였다. 보여야 총을 쏘지! 큰아버지가 무조건 안 보인다고 하라고 해서 군대에서 퇴출되었다. 그 충격이 컸으리라. 그래서 한동안 방황도 했다. 그렇지만 결국 고기들도 고향으로 돌아온다고, 아버지 역시 고향을 벗어나지는 못했다.

돌아와서 예쁜 우리 엄마랑 결혼했다. 할아버지집은 부자였기에 가난한 엄마와 결혼할 수 있었다. 엄마는 싫었지만 순전히 외할머니의 결정이었다. 우리 아버지는 머리는 좋았다. 초등학교 6년간 반장을 도맡아 놓았다고 한다. 그래서인지 어릴 때

길을 걸을 때면 그렇게 인기가 많았다고 한다. 머리는 좋지만 세상 삶에 상식이 없는 분이어서 너무 완고하고, 고지식하고, 성격 급하고, 혈액형은 B형인 데다, 자식들을 키우는 방식을 모르고 자식들을 물건인 줄 아는, 자식들한테 완전 인기 없는 아버지였다. 아버지의 가혹한 처벌 속에 우리는 힘없는 한 점이었다.

겨울이었다. 깡촌에 눈이 왔다. 이른 아침 밖은 온통 하얀색으로 덮여 있었다. 나는 눈이 휘둥그레지면서 신이 났다. 눈은 반가운 것이었다. 잠시 후 아버지의 호통에 금세 짜증이 났다. 아버지는 빨리 나와서 눈 치우라고 고함을 질렀다. 나는 속으로 '꼭 망해 버려라' 하고 주문을 외웠다. 그랬더니 아버지가 공들인 비닐하우스가 눈의 무게 때문에 내려앉아 버렸다. 나의 주문이 이렇게 빨리 이루어지니 속으로 깜짝 놀랐다. 우연의 일치겠거니 했다. 나는 가끔 '저 땡벌 같은 아버지 안 죽나?' 했지만 혼자 남을 엄마를 생각하니 또 그러면 안 될 것 같았다. 엄마 혼자서는 우리 6남매를 키우기 힘드니까!

엄마도 아버지 때문에 무지 시집살이를 했다. 구다와 구박도 많이 받았다. 나는 늘 엄마가 불쌍했다. 그 옛날엔 남자를 선호하던 사상이라 아들 하나 더 낳으려고 고생 많이 하셨는데 의사가 딸이라 해서 유산하고, 몸조리해야 하는데 서릿발 같은 아버지의 호통에 엄마는 하루도 몸조리 못하고 마늘 뽑다 자궁이 제대로 자리 잡지 못해 자궁이 밑으로 내려온 채 평생을 사신 분이다. 돈이 없어 수술도 못하고, 나와 동생들은 엄마가 없었으면 다 죽은 목숨이었을 것이다.

아버지는 현재 요양병원에서 콧줄로 음식을 넣어 주어야 하는 식물인간 상태로, 사는 것도 죽은 것도 아닌 상태다. 셋째 동생과 새벽 기도 때 늘 아버지를 위해 기도한다. 지옥만큼은 면하게 해 달라고. 신은 분명 들어 주실 것이다. 엄마는 촌에 계시는데 두 달 전에 안 좋은 팔이 부러져서 몸조리 중으로 현재는 많이 좋아진 편이다. 오래사시라고 늘 기도한다. 평생을 불쌍하게 살아오신 분이다. 다리도 아프서서 제대로 걷지도 못한다. 평생을 부귀영화 한 번 제대로 못 누린 엄마. 평생 희생하신 분, 우리 엄마 세대엔 다 희생이다. 자식 위해 남편 위해. 요즘은 그렇게 희생은 아닌 것 같다. 자신을 위해서 조금 많이 남겨 둬야 할 것이다. 앞날을 위해서라도….

자살의 느낌

　중학교 2학년 때, 3학년 선배 한 명이 자살했다는 소리를 들었다. 무슨 이유인지는 몰라도, 아는 동급생이 같이 학교 오다가 학교 먼저 가라는 말만 남기고 생을 달리했다. 끔찍한 일이다. 그 선배에게는 무슨 일이 있었단 말인가? 나보다 못한 인생도 있단 말인가? 왜 죽음을 선택할 수밖에 없었을까? 여러 가지 의문이 들었다. 독극물을 먹고 죽었다는 말에 상상해 봤는데 그것만으로도 끔찍했다. 선배는 약을 마시고 숨이 완전히 끊어지기까지 얼마나 고통스러웠을까! 분명 마시고 바로 후회했을 것이다. 내가 괜히 마셨구나! 그렇지만 때는 이미 늦었을 것이다.

　이뿐만 아니라 자살하는 모든 생명들… 목을 매달거나 높은 데서 생을 달리하는 자, 목 메어서 죽은 자들 모두 죽음과 삶 사이에서 피눈물 흘리며 후회하고 또 후회했으리라. 그리고 미안하다고, 죄송하다고, 부모 또는 지인, 친구 등 모든 아는 이에게 미안함을 느꼈을 것이고, 신께 잘못했다고 손발이 피가 나도록 빌었을 것이다. 그렇지만 이미 모든 것이 늦었다. 돌이킬 수 없다. 신도 관여할 수 없다. 자기가 선택한 길이니까. 신의 영역에서 벗어나 버렸다.

그러니 이 책을 읽는 모든 사람, 절대 무슨 일이 있어도, 죽을 고통이 따르더라도 자기 생명을 포기하지 말길 바란다. 당신들이 선택하고 당신들의 몸을 망치는 순간 당신들은 후회가 물밀 듯이 밀려 올 테니까. 비록 당신들의 몸이긴 하나 그 몸은 당신들의 몸이 아니다. 그 몸은 부모님이 물려준 것이라 부모님의 것이고 당신들을 태어나게 한 신들의 것이다. 그러니 제발 후회할 짓을 하지 말아 달라.

우리 대한민국이 자살이 1, 2위를 다툰다고 하니 정말 불행하다. 아무리 힘들더라도 죽음의 문턱에서 헉헉대더라도 끝까지 버틴다면 당신들의 미래는 찬란한 행복이 작게, 내지는 크게, 당신들을 절대 잊지 않고 찾아올 것이다. 그 행복들을 맞이하고 재밌게 살아 달라. 나처럼 또는 다른 사람들처럼 말이다. 당신들은 너무 소중하고 정말 귀하디 귀한 생명이다. 누가 존중하지 않아도 누가 손가락질해도 그 자체가 귀하다. 먼저 당신 스스로 자기 몸을 귀하게 여기고 자기 몸에 좋은 것을 주어라. 그리고 예쁘게 꾸며 보아라. 자신감을 가져 보아라. 당당하게 걸어 보아라. 어깨에 힘을 줘 보아라.

80년 그때 그 시절

초등학교 다니던 시절에는 아이들 머리에 이가 많았다. 나 역시도 머리에 이가 득시글거렸다. 체육 시간이었다. 초등학교 체육 선생님은 나를 싫어했다. 그의 얼굴에 나를 싫어하는 게 보일 정도였다. 마을별로 꽃 가꾸기 프로그램이 있었는데 그 담당 선생님이 그 체육 선생님이었다. 우리 마을 애들이 다 모여 그 선생님의 훈계를 듣고 있었다. 그런데 그 선생님이 갑자기 내 쪽으로 오더니 내 머리카락을 들춰 보는 것이었다. 나는 아무 힘없이 그냥 가만히 있었다. 당연히 나는 머리에 이가 많았으므로 들통이 났다. 그 선생님은 고함을 지르며 나를 죄인 취급을 하고 나를 모욕했다. 지금 시절이면 있을 수 없는 상황이었다. 다른 애들도 있는데 왜 나를 지목한 걸까? 그건 나를 싫어

했기 때문이다.

　　나도 그 선생님이 싫었다. 나는 그 선생님을 피해 다녔다. 그 선생님이 보일라 치면 놀라서 숨고는 했다. 아침 애들이 등교를 다 하고 아침이었다. 나하고 사이가 안 좋은 애가 있었는데 걔와 말다툼을 하다가, 말싸움이 몸싸움으로 발전하여 육박전이 벌어졌다. 마침 그곳을 지나가던 그 선생님한데 발각이 되었다. 그 선생님은 누가 뭘 잘못했는지 잘잘못을 따지지 않고 여자가 남자한테 덤벼든다며 나를 심히 꾸지람하고 담임한테 고자질해서, 우리 반 애들 다 보는 앞에서 원산 폭격이라는 벌을 받게 되었다. 원산 폭격은 머리를 바닥에 박고 엉덩이를 쳐들고 엎드려 두 손은 등에 올리는 그런 벌이었다. 그날 마침 내가 치마를 입고 왔는데 그런 자세로 벌을 서니 치마가 벌렁하게 늘어져 내 속옷까지 보이게 되었다. 나는 여자라서 너무 서러웠다. 또 벌 선 곳은 그냥 바닥이 아니라 높다란 탁자 위였다. 나는 너무 서러웠지만 눈물이 나지 않았다. 너무 어처구니없는 현실에 도피하고만 싶었다. 그렇게 한 10분 정도 넘게 있었을 것이다.

　　우리 담임은 백종연이다. 이 모든 일에는 담임의 의도가 아니고 체육선생님이 교무감의 직책으로 우리 선생님께 그렇게 하라고 지시를 내린 것이다. 나중에 담임이 반장한테 미안하다고 하라고 시켜서 반장이 선생님이 미안해 한다는 말을 전해 줬다. 나는 더 화가 났다. 담임의 무력함에 반 아이를 지키지 못함에 분통이 터졌다. 나는 반장한테 미안하면 다냐고, 큰소리 쳤다. 그리고 나는 너무 쪽팔렸다.

학교를 마치고 집으로 가고 있었다. 우리 집은 학교에서 거의 십 리 길이다. 빠른 걸음으로 꽤 멀리 가고 있었는데 나하고 싸운 남자가 자기 친구 자전거 뒷자락을 잡고 오고 있었다. 나는 그냥 지나가기를 바라고 있었는데 그 남자가 갑자기 길에 떨어져 있는 양파를 집어서 내 쪽으로 던져서 발에 명중을 시켰다. 발이 너무 아팠다. 나는 잠시 발을 주무르고 그 머슴아를 따라잡았다. 그 남자는 도망을 가기 시작했다. 나도 너무 화가 나서 양파를 집어서 던졌다. 완전 명중은 아니지만 그 머슴아도 양파에 약간 맞았다. 그 머슴아는 화가 나서 나한테 욕을 했다. 나도 맞서 욕을 하면서 "니가 먼저 그랬잖아" 하고 따지니 걔는 나보고 먼저 그랬다고 거짓말까지 했다. 나는 이 머슴아의 한마디 말로 아! 하고 걔의 모든 인성을 엿볼 수 있었다. '얘는 아니구나. 이런 애들하고는 어울리지 말아야 하는구나!' 우리 부모님은 항상 나에게 "나쁜 친구와 어울리지 마라"는 말을 했다. 나는 욕을 잘하는 아이, 거짓말하는 아이, 물건을 훔치는 아이 등등 나 나름대로 생각하고 추려서 어울리지 않았다. 그런데 요즘 아이들은 그런 걸 따지지 않는 것 같다. 그러니 나쁜 애들과 쉽게 접하는 것 같다. 그래서 전과자도 쉽게 되는 것 같다. 정말 안타까운 추세다.

하여튼 그 머슴아는 나한테 다시는 시비를 걸지 않았다. 나는 그 머슴아가 꼴도 보기 싫었다. 지금도 우리 고향엔 그들이 살고 있는 걸로 알고 있다.

지금은 모든 게 다 용서가 된다. 나를 왕따시킨 선생님, 동기생, 우리 부모님, 내 주위에 모든 사람. 나는 결국 이런 환경과 이런 사람들 속에서 인성과 포용과 용서와 관용이 만들어진 나를 끌어올린 것 같다. 감사하다.

나는 가끔 드라마 속의 왕따를 당해서 고통당하는 인물들을 볼 때 '왜 세상에는 왕따들이 생기는 걸까? 또 왜 왕따를 시킬까?' 하는 의문이 생긴다. 사람들은 서로 물어뜯고 할퀸다. 나도 세상을 살아가며 그런 경우를 많이 당했다. 나는 항상 약자 편이다. 그래서 속으로 눈물도 많이 흘렸다. 그렇지만 그 눈물이 그 아픔은 질대 공짜가 아니었다. 나를 더 강하게 너 높이 올려 줬다. 내리막이 있으면 오르막이 반드시 있는 법. 그건 법이다. 이치다. 바닷가나 냇물이 흘러가는 곳에 가 보면 동글동글한 돌멩이가 많다. 그 돌멩이가 동글동글 다듬어지기까지 얼마나 수

많은 세월을 거쳤을까? 상상이 간다. 유구한 세월이 지나야 그렇게 되는 것이다. 우리네 인생도 그러하다. 우리가 장성하고 완전한 인격이 갖춰지기까지 서로 깎여지고 다듬어져야만 이루어짐을…. 중도에 포기하고 하차해 버리면 안 된다. 절대로.

나는 장성한 자식이 둘이 있다. 위에는 남자, 밑에는 여자. 걔들 어릴 때 나는 큰 공장에서 일했다. 나도 결혼해서 한 가정을 꾸렸지만 가장은 생활력이 없고 무능한 사람이었다. 자식을 위해서 열심히 일해 주지 않았다. 그가 자라는 환경은 그저 부모가 돈을 벌어서 돈만 던져 주고 돈으로 해결하는 식이었기에 기본적으로 예의도 없었으며 기본 근성이 되어 있지 않았다. 적어도 한 가정의 가장이라면 무슨 수를 써서라도 돈을 벌어서 먹여 살려야 되지 않나? 그런데 무슨 생각을 하는지, 대책이 없는 사람 같았다. 내가 남자라면 짜장면 배달을 해서라도 내 자식은 내 가정은 사회생활하는 데 지장 없게 해 줄 것이다. 이건 힘들어서 못하고 저건 쪽팔려서 못하고, 그런 정신으로 머가 되겠는가? 짜장면 배달 하면 조금 부끄러울지 모른다, 고향이라 아는 사람이 많아서. 그런데 그게 머가 대수란 말인가? 가족을 살리려면 적어도 그런 각오쯤은 해야 되지 않을까? 그럼 무엇하러 가정을 꾸렸나? 너무 무책임한 한심한 인간 자체다.

그래서 나는 내가 직접 생활 전선으로 뛰어들었다. 우리 애들 초등학교부터 고등학교까지 나는 일요일도 없이 일했으며, 우리 애들 기 안 죽이려 그들이 원하는 것을 다 해 줬다. 고등학교 때가 돈이 제일 많이 들어간다. 한창 애들이 메이커를 찾다 보니, 옷도 신발도 가방도 체육복도 메이커 아니면 안 입었다. 안 된다 하면 학교에서 왕따당하는 것이다. 내가 왕따를 당해 봤기에 우리 아이만큼은 왕따를 당하게 하고 싶지 않았고, 나는 기를 쓰고 우리 애들을 키웠다. 나는 내가 참 잘했다고 생각한다.

우리 애들은 지금 생활력도 강하고 인성도 착하다. 다만 마음이 좀 여리다. 그건 나를 닮아서다. 나는 겉으로 억수로 강해 보이지만 실은 눈물 많고 순정 무구한 여린 한 여자다. 애들은 늘 나에게 "엄마 고마워"라고 말한다. 자기들을 그렇게 키워 줘서 고마워한다. 나는 그들이 또 그렇게 커 줘서 감사하고 고마울 따름이다.

딸은 결혼해서 벌써 애기가 둘이다. 그 꼬맹이들이 얼마나 귀여운지. 정말 사랑스럽다. 이제는 나의 모든 짐을 내려놓고 나의 노후 대책만 마련하면 된다. 나는 내가 좋아하는 나의 직장에서 늘 재밌게 경제생활을 하며 하루하루 즐겁게 산다. 이렇게 되기까지 무수한 세월이 흘렀다. 한 세기가 지나가고 있지 않은가? 그래도 아직 나는 청년처럼 마음도 몸도 젊다. 물론 생각의 차이겠지만, 이제 나는 여유롭게 내 인생을 즐길 것이며 그 누구에게도 왕따당하지 않을 것이다. 내가 하고 싶은 일을 마음대로 하고, 나의 삶은 더 풍요로워지고 더 좋은 미래가 펼쳐질 것이다. 오랜 조약돌이 다듬어지듯 빤질빤질하게 닦여 있으므로.

벼 베는 날

우리 아버지는 농사지을 때 다른 사람들에게 부탁 않으시고 항상 우리 6남매를 데리고 했다. 가을이 되어 벼가 다 익었다 싶으면 아버지는 벼를 베는 날은 나와 동생들을 학교에 보내지 않았다. 사실 나에겐 학교 가는 거나 벼 베는 거나 비슷했다. 둘 다 하기 싫었다. 아버지는 벼 다 베고 나면 커다랗고 빨갛게 익은 복숭아 먹으러 가자시며 얼른 일을 하라고 한다. 아버지는 매번 그런 말을 했고, 우리는 또 그 말을 믿었다. 아버지는 그 약속을 한 번도 지킨 적이 없다. 한마디로 미성년자 노동 착취였다. 그래서 우리는 아버지를 그다지 신뢰하지 않았다. 그럼에도 아버지 불같은 호통에 우리는 따르지 않을 수 없었다. 아버지의 엄한 교육에 늘 상처받고 힘들었다. 그래서 나와 동생들은 늘 남들 앞에서 말도 잘 못하고 소극적이었다. 그러니 친구들도 별로 없고 왕따당하기 일쑤였다.

그 시절로 돌아가라면 나는 절대 안 간다. 하루하루가 무의미한 삶이었으니. 다른 사람들은 말한다. 부모가 그렇게 키웠기에 생활력도 강하지 않느냐고. 물론 틀린 말은 아니다. 그렇지만 더 현명하게 키워졌더라면 하는 아쉬움이 남는다.

그래도 나는 O형이다. 그래서 나의 성격을 바꿀 수 있는 능력이 있다. 내 바로 밑의 남동생이 제일 피해자다. B형이라 나보다 소극적이고 나보다 더 크게 상처를 입었음에 틀림없다. 그래도 열심히 살고 있긴 하지만.

나의 성격 개조하기

중학교까지 왕따였다. 그런데 고등학교 올라가면서 활발해졌다. 이 즈음 말도 잘하게 되었고, 친구도 많아졌다. 애들은 나를 많이 따랐고 나를 좋아했다. 그래서 고등학교 시절이 제일 재밌었다고 자부한다. 계속 쭉 같았으면 좋았을 것이다.

고등학교 3학년 그해 봄에 나는 시름시름 아파서 휴학을 했다. 1년을 집에서 놀았다. 너무 지겨웠다. 다음 해 봄 엄마랑 산을 넘어 외갓집을 방문하려고 길을 가는데 까치가 반가운 소식을 전하려 정겹게 울었다. "엄마 좋은 소식이 오려나 봐요." 엄마는 그 말을 들으시고 빙긋이 웃으셨다. 나도 기분이 좋았다.

그날 저녁 내 모교에서 통지가 왔다. 학교로 복귀하라는 말이었다. 나는 내 후배 되는 아이들이랑 다시 1년의 과정을 거치고 졸업을 해야 한다. 두려운 마음과 의무감이 교차했다. 그렇지만 꼭 가야 하는 길이었기에 가방을 챙기고 처음처럼 생소하게 느껴지는 길을 따라 버스를 타고 학교로 갔다. 아이들은 나의 소문을 알고 있었는지 자기들끼리 수군거렸다. 나는 또 왕따가 되었다. 나의 자리는 별로 넓지 않았다. 선생님이 앞에서 소개를 하라 했다. 나는 쭈뼛쭈뼛 겨우 기어 들어가는 목소리로 "잘 부탁합니다"라고 했다. 그 말밖에 안 나왔다.

처음 나의 고등학교 동기생들과 생활할 때가 매일 그리워졌다. 고등학교 졸업하고 결혼해서 살면서까지, 나와 친하게 지냈던 아이들 이름과 추억들이 늘 그리웠다. 나는 덤으로 다니는 고등학교가 끔찍이 힘들었다. 초등학교부터 중학교까지는 그런대로 왕따였다면 고등학교는 그야말로 스파르타 왕따였다. 내가 가는 곳마다 수군거리고, 눈길이 느껴졌다. 얼룩송아지들 속에 다른 송아지 한 마리가 섞여 있어 어디 가도 천대를 받는 상황이었다. 선생님들은 가만히 지켜보고 있었다. 그중 몇몇 선생님들은 내가 최대한 자립할 수 있도록 배려해 줬다. 그분들에게 감사하다.

그래도 앞에 앉은 몇몇 아이는 나와 친구가 되고 손은 잡아 줬다. 나는 개들 덕분에 조금은 위로가 되었다. 학교에 복학하니 벌써 명찰부터 달랐다. 나는 초록 명찰, 그때 3학년들은 빨간 명찰. 초록 명찰은 1학년이 되어 있었다. 그래서 첫 학교 교문을 들어가면서부터 태클이 걸려 선도부에서 잡혀 뒤에 남겨질 상황이 되었다. 나는 선도부한테 나의 설명을 했다. 그리고 어떤 아이가 나의 이야기를 하는 것 같았다. 그래서 학교에 들어갈 수 있었다. 아무튼 그때 1년을 떠올릴 때면 정말 마음이 안 좋다. 그렇지만 다시 그 생활을 하게 된다면, 아주 떳떳하게 당당하게 신나게 재밌게 할 것이다. 하지만 그때는 그렇게 고등 3년의 과정을 마쳤다.

Part. 2

또 다른 경쟁에서 살아남기

나의 첫 직장 생활

　나의 학교는 산업체 고등학교로 요즘은 안 따지지만, 그때는 고등학교 바로 마치고 사회에 들어갈 인재로 키우는 곳이었다. 상업부기, 주산 그런 것들을 가르쳐 준다. 지금은 계산기로 한다지만 그때는 주산이라는 것이 있어서 나름 유명했다. 나도 4급까지는 자격증을 땄다.

　3학년 말에는 모두 취업 경험을 하러 나갔다. 학교로 오는 애들도 있고 공부 잘하는 애들은 선생님들의 추천서를 통해 은행이나 공공기관에 들어가기도 했다. 나는 엄마랑 동생이 디니는 공장에 방문했는데 거기 근무하는 경비 아저씨가 나에 대해 묻더니 자기가 취업시켜 준다며 공장 시험실 이야기를 해 줬다. 회사도 크고 시설도 괜찮았지만 나는 2교대였다. 그야말로 하루는 밤에 일하고 하루는 낮에 일했다.

일은 쉬웠지만 2교대는 너무 힘들었다. 밤에 안 자고 일하는 것이 보통 일이겠는가? 아무리 편한 일이었어도 힘들었다. 실을 짜는 애들도 힘들어 보였다. 현장에서 일하는 어린애들(내 동생을 포함한 어리고 착한 애들)이 너무 불쌍했다. 집안 형편이 안 되어서 야간에는 공부하고 낮에는 일하는 애들이 너무 안쓰러웠다. 그렇지만 그들 가운데도 치열한 경쟁이 펼쳐진다. 나도 숫기 없고 말도 잘 못해서 인기 있는 사람은 못 된 탓에 조용히 회사 생활만 했다. 그런 와중에도 나를 시기 질투하는 애가 있었고, 서로 의견이 안 맞아 일이 잘 안 풀리는 경우도 있었다. 거기서도 나는 왕따였다. 나는 현장에 일하는 동생을 신경 쓰느라 늘 바빴다. 첫 월급도 타고 적금도 착실히 들었다.

거기엔 기숙사가 있었는데, 끼리끼리 마음 맞는 애들끼리 어울리는 가운데 새로운 애가 한 명 들어왔다. 그런데 걔는 나와는 환경이 정반대로 키워져서 술도 잘 마시고 자기가 조금만 마음에 안 들면 욕을 하면서 난리를 쳤다. 그리고 다른 사람들과 나를 왕따시켰다. 나는 또 나 혼자 열심히 일하며 싸워야만 했다.

첫 직장에서 2년 정도 있었을 것이다. 나는 고향으로 내려왔다. 엄마는 많이 늙어 보이셨다. 야맹증인 우리 아버지는 눈이 더 안 보인다고 하셨다. 그래도 여전히 아버지는 술을 좋아하셨고, 가끔은 엄마와 싸우셨다.

왔다. 엄마는 많이 늙어 보이셨다. 야맹증인 우리 아버지는 눈이 더 안 보인다고 하셨다. 그래도 여전히 아버지는 술을 좋아하셨고, 가끔은 엄마와 싸우셨다.

깡촌에서 도시로 이사하다

　나의 고향은 그야말로 산나물만 먹고사는 촌이다. 그래서 시내로 이사를 했다. 그 많은 땅과 집을 두고서. 우리는 조그마한 집을 얻었고, 엄마는 공장에, 아버지도 목재소 공장에 다니셨다. 나의 나이 25살, 남들은 꽃띠 나이이라고 좋다고 했지만 나는 왜 그리 재미가 없던지. 그냥 그렇게 하루하루 살고 있었다. 공장에 다니니 몇몇 애들과 이야기하는 정도였다. 그리 원대한 꿈이 있는 것도 아니고, 아버지의 엄한 교육 속에서 컸기 때문에 그 틀을 벗어나지 못한 채 세월만 보냈다. 한마디로 우물 속의 개구리 형상이었다.

　어느 날 친구에게 전화가 왔다. 시내에 놀러 가자고. 무료

하던 차에 나갔다. 그 시절에는 나이트클럽 같은 젊은 애들이 춤추는 곳에 가지 않는, 단발머리에 까만 핀을 앞머리에 꽂고 다니는 선생님들 말이라면 다 잘 듣는 어린 여학생이었다. 그랬기에 다른 아이들이 가는 빵집에도 한 번 간 적이 없었다. 그런데 파격적으로 그 친구가 클럽에 가자고 하니 무서운 생각이 밀려와서 머뭇거리고 있었다. 그때 건장한 남자들 무리가 오더니 클럽에 같이 들어가자고 했다. 나는 안 된다고 했고 그 친구는 무슨 용기인지 같이 들어가자고 했다.

결국은 나의 말에 따라 안 들어갔고 시내 근처를 배회하고 있는데 어떤 남자 하나가 자기들하고 합석하자고 했다. 눈대중으로 봐도 2대 2로 밀리지 않아서 우리는 승낙했다. 그렇게 애들 아빠하고의 연애가 시작되었다. 그 시절엔 왜 그리 속박하는 것이 많았는지, 제대로 연애다운 연애를 해 보지 못했다. 같이 길을 걸어가고 있어도 전반 1미터는 떨어져 가야 했다. 남들 시선을 생각해서다. 여하튼 너무 재미없게 우린 연애를 하고 시간이 지나서 결혼하고 애도 낳고 세월이 흘렀다.

공순이 시절

애들이 어느 정도 컸다. 나는 늘 남편의 구박 속에 '오늘 저녁 반찬은 무엇으로 하지, 이걸 먹어 보고 맛없다고 하면 어떻게 하지?' 생각하며 살았다. 애가 어릴 때는 직장 생활도 못하고 늘 남편 뒷바라지를 해야 했고, 애들을 보살펴야 했다. 그러면 자연적으로 남편 눈치를 봐야 했다. 또 먹던 반찬 올렸다고 타박했고, 나는 상처를 입어 벽 쪽에 앉아 눈물을 흘렸다. 그런 날이 우리 애들 초등 3, 4학년까지는 연속이었다.

어느 아줌마의 권유로 나는 직장을 다니기 시작했다. 우리 아이들은 시어머니께서 돌봐 주셨다. 아침부터 저녁까지 일하고 퇴근하면 자그마한 나의 아이들이 자전거를 타고 마중 나와 줬다. 나는 가슴 뭉클해져서 감동의 눈물이 났다. 그렇지만 위험하니 다음부턴 마중 나오지 말라고 했다.

남편이 나에게 견디기 어려운 큰 시련을 주었다. 나는 택시를 타고 도망을 갔다. 막내가 길에서 울며불며 있어서 얼른 태워서 대구 동생네 집으로 갔다. 그런데 큰 애는 챙기지 못했다. 원래는 나 혼자 며칠 있다가 오려고 했는데, 막내가 보여서 급히 차에 태운 것이다. 나는 그 짧은 시간에 큰 애도 나오길 기다렸다. 그런데 무슨 일인지 나오지 않았다. 분명 큰 애도 따라 나왔을 터인데 나오지 않은 것이다. 아마 남편이 가지 말라고 붙잡고 있었을 것이다. 아쉬웠지만 나는 떠날 수밖에 없었다. 차를 타고 가는 동안 큰 애 걱정이 많았다. 지금도 큰 애는 엄마는 자기를 버리고 동생만 데리고 도망갔다며 억울하다고 한다. 나는 늘 미안한 생각이 든다. 둘 다 데리고 갔어야 했는데, 죽어도 같이 살아도 같이 살아야 했는데….

나는 큰 회사를 다녔다. 보너스도 많이 나왔다. 그런데 일이 너무 많아 야근은 기본이고 주말에도 늘 일했다. 월급 타는 날은 우리 애들 통닭도 시켜 주고 그들이 즐거워하니 나의 마음도 즐거웠다. 회사 생활은 직속상관이 아주 성질이 아주 안 좋은 사람이어서, 자주 곤경에 처하고는 했다. 그렇지만 나는 애들을 키우고 생활도 해야 했기에 열심히 일했다. 상관은 참 냉정한 사람이었다. 처음엔 나를 잘 봐 주더니, 무엇이 맘에 안 드는지 괜히 트집도 잡고 남들 보는 앞에서 질책을 하며 부끄럼을 당하게 했다. 치사했다. 나뿐만 아니라 나이 많은 아줌마들에게 욕까지 해서 그들의 눈에서 눈물까지 흘리게 했다. 나는 "남들 눈에 눈물 나게 하면 자기 눈엔 피 눈물 난다"면서 속으로 또는 같은 동료들끼리 얘기하곤 했다.

나는 그 큰 회사를 3년간 다니고 나와서 쉬다가 다시 그 회사를 갔는데, 내가 없는 사이 회사는 엄청 변해 있었다. 아줌마들도 변해 있었고. 전에 다녔을 때와 비교도 되지 않을 정도로 거의 모든 사람이 나를 적대시하기 시작했다. 상관은 내가 키가 작은데도 불구하고 키가 큰 사람들이 하는 일을 내게 시켰으며, 손가락에 끼우지 못하는 큰 물건을 나보고 만들라고 시켜서 나는 손가락이 찢어질 정도로 힘들게 일했다.

하루는 상관이 나를 아주 가소롭다는 듯이 웃으며 "희진 씨 인생이 재밌어요?" 하고 물었다. 나는 재미없다고 말했다. 그는 크게 웃으며 원래 인생은 재미없는 것이라며 비아냥거렸다. 나는 그 큰 회사에서 정신적으로 100대 1로 싸웠다. 상관이 왕따 시키니 거의 모든 사람이 연쇄적으로 왕따를 시켰다. 그래도 나는 묵묵히 내 일만 했다. 나는 나의 아이들을 키워야 했고, 이 가혹한 현실에서 살아남아야 했다. 나는 우리 아이들이 해 달라는 것은 거의 다 해 줬다. 비싼 학원도 보내 줬으며 비싼 메이커 옷, 신발, 가방도 사 줬다. 그들이 행복하면 나도 행복했으니까.

그럭저럭 그 회사에서 10년을 버텼다. 그렇게 세월이 흐르니 주위 사람들도 차츰 나의 편이 되어 줬다. 상관도 나의 굽히지 않는 성실함, 굳건함을 알고 나를 그리 괴롭히지는 않았다.

나의 작은 복수

　회사엔, 약간 1퍼센트 모자란, 언뜻 보기엔 정상적으로 보이는 아줌마가 있었다. 그러니 항상 표적의 대상이 되었다. 그 상관의 괴롭힘의 대상이 되었다. 오죽했겠는가. 나는 강자보다는 약자 편이었다. 그래서 그녀의 말을 잘 들어 주었으며, 조금은 여러 가지로 챙겨 주었다.

　하루는 그 아줌마가 눈물을 흘리며 나에게 와서 남한테 말도 못하고 자기는 너무 억울하다고 하소연을 했다. 무엇 때문이냐니까 그 아줌마는 상관이 자기한테 부당하게 너무 일을 시켜서 죽을 뻔했다고, 당장 회사를 그만두겠다고 했다. 정말 그만둔다고 하길래, 그러면 어차피 그만둘 거 이 일을 상부에 보고하라고 했다. 사직서 쓸 때 상관한테 당한 모든 일을 조목조목 써서 올리라고 가르쳐 주었다. 위에서도 알아야 하고 어느 정도 억울함도 풀 수 있으니….

그리고 며칠이 지났다. 그 아줌마는 일을 그만두지 않았다. 그 아줌마는 내가 시킨 대로 했고 상관은 위에 불려 가서 크게 책임을 물어야 했다. 그러고는 그 아줌마에게 사과를 했다. 상관은 그 일로 동료들에게 함부로 하지 못하게 되었다. 나는 그 회사를 10년쯤 다니다 나왔는데 내가 그렇게 버틸 수 있었던 것은 아버지의 스파르타식 교육 덕분이라고 자부할 수 있다. 그렇지만 너무 어렵게 돌아 내 자리로 돌아온 게 억울하다면 억울하다.

나는 사회생활을 하면서 더 굳건해졌다. 이후에 다른 회사를 들어갔는데, 어찌 가는 곳마다 텃새도 있었고, 왕따도 있었다. 그래서 하는 말이 있다. 3개월, 3년은 꼭 견뎌 봐야 한다고. 나는 이 규칙을 지켰다. 그러니 모든 사람이 나의 말을 들어 줬고, 나에 대해 편협하게 보던 사람들도 나를 신뢰하게 되었다. 그래서 나는 생소한 곳에 갔을 때는 늘 이런 기억들을 떠올리고 일을 한다. 그러면 까칠한 그 누구도 나에게 항상 고개를 숙인다.

나는 유독 동물들을 좋아한다. 그들의 순진무구한 세계를, 너무 순수한 세계를. 그들은 음식을 주면 완전 부모처럼 따른다. 하나의 가식도 없이 그들은 사람이 돌보지 않으면 죽거나 아파한다. 너무 불쌍한 존재다. 또한 새끼를 낳으면 끝까지 돌본다. 모성애가 강하다. 너무나 안쓰럽다. 사람들은 추우면 따뜻한 곳에 가고 배고프거나 음식을 해 먹거나 사서 먹지만 동물들은 없으면 굶어야 된다. 추우면 떨어야 된다. 그래서 인간이 돌보아야 한다. 물론 야생들은 아니지만, 생명들이 살아가는 데는 사람이나 동물이나 슬플 때도 있고 좋을 때도 있다. 사람들은 생각하고 행동하고 일을 헤쳐 나가지만 동물들은 한계가 있으니. 동물들도 왕따를 당할 때가 있다. 새끼를 낳았는데, 사람이 만져서 다른 냄새가 나면 자기 새끼가 아닌 줄 밀쳐 낸다. 또 새끼가 아플 때는 어쩔 수 없이 그 새끼를 포기해야만 한다. 다른 새끼와 본인을 보호하는 입장에 있기 때문이다.

사람도 어릴 때는 보호해 주어야 한다. 학교에서는 선생님이, 집에서는 부모가, 그런데 학교에서는 동료들 간에 서로 뜻이 안 맞으면 서로 배척한다. 배척하다 못해 애들을 따돌린다. TV 드라마를 보면 정말 집요하게 한 아이를 따돌리는 경우가 있다. 정말 못돼먹은 애들이다. 정말 피도 눈물도 없는 경우가 많다.

어떤 애들이든 보호받아야 할 의무가 있다. 생명은 귀중하다. 그 누구도 그들에게 돌을 던지면 안 된다. 장애가 있든 일반 아이든, 힘들어 하면 가능한 한 도와주어야 한다. 요즘은 모든 사람이 그렇지는 않겠지만 많이 냉정해졌다. 사회가 자꾸 그런

추세로 움직여진다. 코로나 등 여러 병이 난무하니 그럴 수도 있겠지만, 그것은 보호하는 차원일 뿐이다. 예를 들어, 한 어린이가 계단을 오른다고 했을 때, 옆에 있다면 넘어지지 않게 잡아주어야 된다. 어떤 아이나 또 어떤 어른이나 곤경에 처해 있다면 그것을 벗어나게 해 주어야 한다고 생각한다. 할 수 있는 데까지, 최소한이라도 말이다.

어릴 때 부모님이 자주 싸우셨다. 약자는 엄마였고, 나는 엄마가 너무 불쌍했다. 그런데 내가 도울 수 있는 입장이 못 되었다. 해서 울기만 했다. 내가 어느 정도 컸을 때 아버지가 엄마를 괴롭히는 순간 나는 막아서서 아버지께 반기를 들었다. 사람은 여든 버릇이 평생 간다고 했다. 정말이다. 그 버릇을 잘 들여야 한다. 아니면 인생을 망칠 것이다.

그 누구든, 사람은 일단 기본이 되어야 하고, 예의가 있어야 되며, 어느 정도의 배려심이 있어야 한다. 이 세 가지가 있으면 어딜 가도 남한테 내지는 사회생활을 하는 데 아무 문제가 없다고 본다. 그런데도 불구하고 다른 사람들이 뭐라고 한다면, 그건 그들이 문제다. 나는 이제껏 살면서 무수한 경험을 했지만, 기본이 안 된 사람들은 그들끼리 살았으면 좋겠다. 아니면 갖추어진 사람들이 힘드니까.

사람 바보 만들다

사람은 태어날 때도 죽음을 맞이할 때도 혼자다. 가족이 있어도, 결혼해서 남편이 있어도 혼자다. 옆에서 의지하고 의논하고 하지만 어찌 보면 인간은 모두 홀로 사는 것이다. 옆에 있는 사람들은 조력자다. 사람은 사회적 동물이자 환경적 동물이다. 한 사람 한 사람이 모여 그룹을 형성하는 것이다. 그러다 보면 뭔가 잘못될 수도 있고, 도태될 수도 있다. 물론 서로 다른 가정에서 남다르게 커 왔기에 그럴 수 있다.

그중에서도 공통분모를 가진 자들은 그들끼리 어울린다. 그러니 끼리끼리 어울린다고 한다. 그런데 거의 모두 비슷하거나 평범한데 그중에 정말 특이한 사람이 있다. 말을 오해를 불러일으키도록 하는 것이다. 사람들은 누구나 약간의 단점이 있다. 사람들은 살아가면서 가끔은 실수할 수 있다. 자의든 타의든. 그리고 요즘 세상에 결혼 안 하고 혼자 사는 것이 뭐 그리 흉이 되겠는 가? 결혼했어도 이혼할 수도 있고, 미망인이 될 수도 있다. 그런데 이런 사소한 일들을, 어찌 보면 이 사회에 평범한 일들을, 이런저런 사람들에게 얘기해서 당사자들 입장 난처하게 만드는 것이다. 사람들은 상대를 믿고 얘기한 것인데, 믿음을 깨트리고 신용에 금이 가는 짓을 하는 부류들….

옛날부터 말이 많은 자는 믿음이 안 간다고 했다. 그렇다고 다 그런 건 아니지만, 한 사람을 두고 여러 사람한테 안 좋게 이야기해서 그 사람을 왕따로 만들기도 한다. 사람들은 어찌 보면 다 같은 입장이다. 이 세상에 태어나 한평생 살아가야 하지 않겠는가? 한평생을 살다 보면 매일 행복하지는 않을 것이다. 매일 좋은 일만 있지는 않을 것이다. 때로는 슬픔을 겪을 때도 있을 것이고, 때로는 좋은 일이 있어 행복하다고 느낄 때도 있을 것이다. 그런데 왜 이러쿵저러쿵해서 한 사람 내지는 여럿을 바보로 만드는 걸까? 정말 이해가 안 간다.

나는 항상 중립에 서려고 노력한다. 말이 많은 사람이 있다면, 되도록 가까이하지 않는 게 좋다고 생각한다. 그런 사람은 남들한테 안 좋게 말할 것이고, 그렇게 사람을 바보 만든다. 그렇지만 결국은 자기 무덤은 자기가 판다고, 제 풀에 반드시 넘어진다. 나는 늘 이런 마인드를 가지고 산다. '사람 위에 사람 없고, 사람 밑에 사람 없다.' 아무리 돈이 많아도, 아무리 권력이 세다고 해도 결국 그들도 사람이다. 가진 게 많다고 또는 권력을 가졌다고 사람을 업신여기거나 하대한다면, 결국은 그 모든 짐들을 지고 가야 할 것이다. 어디를 가도 그 무리에 속하기까지 좀 서먹하고 때로는 대우받지 못하는 시간들이 있다고 본다. 그러니 3개월, 3년은 버티라고 한다. 오늘도 나는 세상을 향해 힘차게 전진한다. 이 세상 모든 사람이여, 절대 포기하지 말고 이 땅에 살고 있는 한 끊임없이 가라. 희망의 끈을 놓지 말고 계속 가자. 인생이 그리 재밌지도 재미없지도 않지만, 그것이 인생인 것이다. 우리가 이 땅에 태어났으니 열심히 살아가야 하지 않겠는가!

5, 60대가 되면…

사람은 어느 정도 연륜이 되면 그 사람이 어떻게 살았는지, 보통은 얼굴에 나타난다고 한다. 그 말이 맞는 것도 같다. 내가 어느 병원에 근무할 때 일이다. 어떤 할머니가 계속 욕을 해댔다. 젊었을 때 할아버지가 노름에 빠진 바람에 할머니를 고생시킨 것이다. 그래서 할머니에게 치매가 왔는데, 다른 거는 다 잊어버려도 그 잔상이 머리에 남아 본인 생각이 아니라도 계속 할아버지를 욕하고 또 할아버지가 자기에게 못한 것들을 이야기하면서 신세 한탄을 하신다. 우리 엄마 세대에는 그런 경우가 많다.

옛날은 남존여비라 여자는 하대하고 남자는 우대했다. 참 그런 걸 보면 세대를 잘 타고나야 한다. 요즘은 절대 그렇지 않다. 만약 그렇게 하면 여자들은 다 도망을 가 버리기 때문이다.

그런 대로 성실하게 산 분들을 보면 얼굴이 성실한 게 드러난다. 반면 아주 힘들게 산 분들을 보면 얼굴에 힘듦이 그려져 있다. 내가 일을 하면서 알게 된 한 분은 젊었을 적 다방 마담이었다. 그분의 얼굴을 보면 뭔가 답답하면서 꽉 막힌 형상, 무어라 말할 수 없지만 정말 보기가 힘들다. 언젠가 그분에게 물어보았다. "어르신, 다방에서 사람 다루기가 힘들지요?" 그러자 "당연히 힘들지" 하는 답변이 돌아왔다. 이분은 정말 누가 봐도 '세상에 어떻게 살았길래' 하는 생각이 들 정도다. 또 사기꾼은 사기꾼 같다. 보통 사람들도 알 수 있을 정도다. 그러니 모든 사람은 젊을 때 잘살아야 하는 것 같다.

어떤 사람은 얼굴만 봐도 존경심이 들 정도로 인상이 좋다. 그분은 젊었을 때 자식들한테도 잘하고, 마음이 넓으셔서서 불쌍한 아이들을 보면 그냥 지나치지 못하고 도와주고, 사회에도 큰돈은 아니지만 본인이 생을 다하실 때 모든 재산을 불쌍하고 소외된 사람들을 위해 기부했다. 그분 자녀들도 교수, 판사. 목사 등 영향력이 있다. 자녀들도 부모님을 닮아 인품이 좋고 인격적이라 모든 사람의 칭찬이 자자하다. 부모들이 잘하면 자식들도 복을 받아서 잘 되는 것 같다. 보고 배운다고, 부모들이 하는 걸 보고 스스로 배우는 것이다. 바닷게가 옆으로 걸으면 새끼들도 옆으로 걷는 것처럼 말이다. 그런 면에서 우리 부모님은 정말 열심히 농사꾼으로서 힘들게 우리 6남매를 키우셨고, 우리를 위해 희생하셨다. 그래서 우리 남매는 생활력은 정말 강하다. 늘 일하는 걸 봐 왔으니….

검둥 고무신과 책 보따리 시절

초등학교 때는 운동화가 없었다. 모두 검둥 고무신을 신고 다녔다. 검둥 고무신은 여름이면 땀이 나서 질질 미끄러진다. 이후 흰 고무신이 나왔다. 흰 고무신은 검은 고무신보다 빨리 떨어지기 때문에 부모들은 검은 신을 사 주곤 했다. 나는 그게 싫었다. 엄마 보고 흰 신발을 사 달라고 하고자 많이 걸었다. 그런데도 안 떨어져서 슬쩍 책 칼로 찢기도 했다. 그러나 엄마는 산 지 얼마 되지 않았는데 금방 떨어졌다며, 또 검정 고무신을 사 줬다. 흰 고무신을 사 달라고 그리 떼를 써도 엄마는 흰 신은 금방 닳는다며 안 사 주셨다. 정말 그 고무신 오래 신었다.

6학년 정도 되었을 때 운동화도 책가방도 새로 나왔다. 사실 우리는 책가방 대신 보자기에 책을 둘둘 말아 남자는 어깨에 메고 여자는 허리춤에 메고 학교로 갔다. 학교로 갈라 치면 필통과 도시락이 달그락거렸다. 그 결과 학교에 도착하면 김치 국물이나 반찬물이 책에 벌겋게 물들여지고는 했다.

나는 초 5~6학년에 늘 자전거를 타고 다녔다. 아침 밥 먹고 자전거 타고 학교로 간다. 유일한 교통수단이 자전거였다. 눈이 오나 비가 오나. 비 오면 비닐을 적당량 잘라서 두 모서리를 목에 묶는다. 그렇게 해서 자전거를 타면 그야말로 슈퍼맨이다. 비닐이 바람에 펄럭여서 연신 슈퍼맨이 된다. 그런 모습으로 학교로 향하면 길에 지나치는 아이들이 슈퍼맨이라고 웃으며 놀리기 일쑤였다. 그래도 나는 그런 모습으로 학교를 다녔다.

내가 6학년 때 학교로 가고 있었는데 앞에 사촌 동생이 학교로 가고 있었다. 사촌 동생을 굳이 앞에 태워서 가고 있었는데 길 가로수에 부딪혔고, 잠시 자전거가 중심을 못 잡고 벌렁거렸다. 이후 중심을 잘 잡아서 학교로 잘 도착했는데, 잠시였지만 나는 그런 게 참 재밌다는 생각이 들었다. 그래서 사촌보고 담에 탈 때는 세게 가로수를 밀라고 시켰다.

그런 날이 마침 왔다. 사촌 보고 조금 가다 가로수까지 오면 세게 발로 밀치고 했다. 이에 조금 가다 사촌이 발로 가로수를 힘껏 밀쳤는데, 재밌을 거라 생각하는 찰나 우리를 태운 자전거는 순식간에 바로 논바닥에 처박혔다. 우리 둘은 온통 논바닥의 진흙이 얼굴과 옷을 시커멓게 묻어 버려서 우스운 꼴이 되었다. '나는 이제 어쩌지? 학교는 가야 하고 이런 모습으론 학교에 못 갈 텐데' 이러한 곤란한 상황을 보던 옆에 지나가는 남학생은 배꼽 빠져라 웃고 있었다. 나는 그 남자가 미웠다.

사촌은 나 때문에 그랬다며 투덜댔고, 나는 사촌이 너무 크게 밀쳐서 그렇다고 했다. 근데 마침 그 마을에 사는 아주머니가 보고 "어떡하니, 학교에 가야 하는데" 하시며, 자기 집으로 가자고 했다. 자기 집에 애들 옷 있다고, 자기 애들은 다 커서 지금은 안 입는다고 하셨다. 그래서 우리는 말도 한마디 못하고 메기 잡은 꼴을 하고 그 아주머니 집에 가서 수돗물에 씻고 그 옷을 입었다. 맞춤옷처럼 맞았다. 아주머니는 얼른 입고 가라며, 자기도 바쁘다며 그 자리를 피해 주셨고, 우리는 옷을 주섬주섬 입고 학교를 갔다. 학교를 마치고 그 집에 가니 아주머니가 우리 옷을 깨끗이 빨아서 빨랫줄에 걸어 놓으셨다. 참 그때 생각하면 그 아주머니가 없었다면 우리는 학교도 못 갔을 터인데 너무너무 고마우신 아주머니셨다.

그때 나는 세상에는 '나쁜 사람만 있는 것이 아니구나. 세상에 저런 사람만 있으면 얼마나 좋을까' 하고 생각했다. 지금 떠올려도 웃음이 저절로 나오는 추억이다.

왕따 가정

시골은 보통 닭을 몇 마리 키운다. 시장이 머니 단백질 보충 삼아 그랬던 것 같다. 아침이면 "꼬꼬댁 꼬꼬댁" 하고 울었고, 닭 밑에 손을 넣어 보면 따뜻한 하얀 달걀이 들어왔다. 나는 그 느낌을 참 좋아했다. 그래서 닭이 울면 자주 가서 달걀을 가져왔다. 그런데 닭도 참 똑똑하다. 몇 번을 그렇게 하니 닭이 다른 곳으로 숨어서 알을 낳는 것이었다. 닭은 알을 숨기고 나는 알을 찾아다녔다. 분명 꼬꼬댁거리며 알을 낳은 것 같았는데 어디 낳았는지 찾을 수가 없었다. 아침에 아버지가 "순아, 알 가져오너라. 닭이 알을 낳은 것 같다" 하시면 나는 쪼르르 달려가서 가져다 드린다. 그러면 아버지는 바로 그 자리에서 알을 앞뒤 이빨로 깨어서 달걀을 날로 바로 드신다. 나는 그게 참 신기하게 느껴졌다. 나보고도 알을 먹으라며 가르쳐 주셨다. 아버지가 가르쳐 준 대로 알을 입안 가득 한꺼번에 넣으면 그 맛이 얼마나 고소하든지! 너무 신선하고 고소한 계란 맛이었다.

요즘은 그런 걸 찾아볼 수가 없다. 나는 어릴 때 계란 생각이 늘 자리를 잡아서 일반 계란을 보면 계란 같지가 않다. 완전 식품이라고 많이 찾지만 어릴 때 그 계란을 떠올리면 요즘 계란은 아무것도 아닌 것 같아서 잘 사먹지 않는다.

우리 마을 밑에 엄마가 잘 아는 한 가정이 있었는데 그 집에는 나보다 몇 살 많은, 언니뻘 되는 여자가 한 명 있고 그 부모들이 있었다. 엄마하고 아줌마들이 하는 이야기를 들어 보면 그 집 아버지가 두 번째 부인과 살고 있다고 했다. 나는 어릴 때라 그게 무슨 말인지도 몰랐다.

어느 날 엄마와 그 집에 볼일이 있어 방문했는데 그 집 아주머니는 너무 상냥스럽고 친근하게 우리를 맞아 주셨고, 마침 점심때라 우리 보고 같이 식사하자고 한사코 권했다. 다른 여러 맛깔스러운 반찬이 있었지만, 엄마는 볼일만 보시고 극구 거절하고 나왔다. 먹고살기가 어려운 시절이라 민폐라고 생각하시고 거절을 한 것이다. 나는 그 가정이 참 보기 좋았다. 우리 집하고는 대조적이었기 때문이다. 우리 집은 하루가 멀다 하고 아버지가 노름을 해서 싸움이 났으니까. 술을 잘 마시기 때문에 또 술이 취해 싸움이 난다. 정말 속 시끄러운 가정이었다.

부모들이 싸우면 어린애들 마음에 상처가 난다. 그러니 어린애들이 피해자가 된다. 그런데 그 집엔 아주머니 아저씨가 얼마나 다정스럽게 서로를 챙겨 주든지, 말도 부드럽고 사랑이 뚝뚝 떨어졌다. 그런 집을 보면 참 이상했다. 우리 집과 완전 대조적이었기 때문이다. 그리고 나는 너무 부러웠다. 우리 집도 저렇게 다정하게 살면 얼마나 좋을까? 나는 지금도 서로 다정한 부부들을 보면 참 보기가 좋고 부럽다. 다들 그렇겠지만 머리가 하얀 노부부 한 쌍이 서로 넘어질 세라 챙겨 주는 걸 봤는데, 우리 부모들도 저렇게 하면 얼마나 좋을까 하고 생각했다.

그 집은 그 마을에서 왕따라고 했다. 그 마을 사람들이 그 집과 왕래도 하지 않고, 그 집에 있는 애와 놀지도 않는다고 했다. 그 동네엔 애들이 많았는데 그 집, 그 언니는 늘 혼자 다녔다. 내가 학교 오가는 길에 만나 나란히 걸으려고 폼을 잡으면 그 언니는 혼자 빨리 가 버리기 일쑤였다. 지금 생각하면 보호 본능이지 않았나 싶다. 동네 사람들이 왕따시키고 수군거리니. 애 보고도 남들과 어울리지 말라고 위험하다고 시켰을 것 같다.

나는 어린 마음에 그 언니가 너무 불쌍했다. 나보다 더 왕따를 당한 셈이다. 어린 마음에 얼마나 상처가 되었을까? 초등학교 6년을 늘 혼자 그렇게 다녔으니. 나만 힘든 것이 아니라 그 언니도, 또 다른 누군가도 그렇게 살고 있었다.

아버지는 야맹증

내가 어릴 때는 우리 집이 잘살았다고 한다. 정확하게는 우리 할아버지 댁이 잘살았다. 내가 어릴 때 할아버지 집에 가면 큰 대문을 3개 지나야 했다.

할아버지가 밤이 되면 눈이 안 보이는 야맹증(어둡거나 밤이 되면 눈이 안 보이는 병)을 가지고 태어났다. 할머니 이야기를 들어보면 늘 할아버지는 할머니 손을 의지해 다녔다고 한다. 나도 부모님들이 농사지으시고 집으로 돌아오실 때는 아버지의 손을 잡고 집으로 오면서 "아부지 앞에 돌 있어요. 아부지 옆에 나무가 있으니 살짝 돌아서 가세요" 하고 길을 안내했다.

아버지는 우리 집에서는 극악무도한 폭군이다. 늘 우리를 들들 볶아서 일을 시켰고, 맘대로 안 되면 폭언과 매타작을 당해야 했다. 그런 아버지는 동네 사람들에게 웃음으로 대했다. 아마도 본인이 눈이 안 보여서 그러했으리라. 알고 보면 아버지는 너무 약한 존재였다. 살아남기 위해 그렇게 할 수밖에 없었으리라. 어릴 때는 이해할 수 없었지만, 지금은 이해가 된다. 너무 불쌍하신 우리 엄마, 아버지셨다. 우리 6남매 키우려고 얼마나 남다른 노력을 하셨을까?

아버지가 저녁 늦게 귀가하는 날은 무조건 싸움이 일어났다. 틀림없는 사실이다. 나의 예감은 적중했다. 해가 어느덧 뉘엿 넘어갈 즈음까지 아버지가 오리무중이면 엄마는 나를 부르신다. 동네 어귀에 가서 아버지 모셔 오라고. 나는 정말 가기 싫었지만, 갈 사람은 나밖에 없었다. 동생들은 다 어렸기에 엄마한테 가기 싫다고 해도 통하지 않았다.

가기 싫은 발걸음으로 이곳저곳 살펴보면 어느 집 방에 앉아 화투(노름)를 하고 있다. 우리 마을은 가구 수가 얼마 안 되어 금방 어디 있는지 알 수 있다. 아버지는 컴컴한 방 안에서 다른 아저씨들하고 고스톱을 치고 있었다. 아버지는 어두우면 잘 안 보인다. 화투장도 잘 안 보인다. 나는 보았다. 옆에 약삭빠른 아저씨가 화투장을 여러 번 바꿔치기 하는 것을…. 그 사람들은 다들 한패였다. 아버지를 봉으로 삼고 자기들끼리 짜고서 게임에 지게 만들어 돈을 뜯어먹으려는 것을. 아버지도 알았으리라. 그렇지만 아버지는 그 패에, 그들 무리 속에 끼려고 그걸 감안하고 같이 노는 것이었다. 술도 한 잔 하고 말이다. 아버지는 그게 최선이었을까?

나는 아버지께 집에 가자고 했다. 아버지는 어른들 노는데 버르장머리 없다고 하셨지만, 두고 볼 수 없었던 나는 끝까지 가자고 했다. 그러자 무리 중 한 명이 "어이 노에미, 얼른 가게" 하고 몇 번 하니 아버지는 억지로 집으로 향했다. 못내 아쉬운 듯했다.

집에 도착하면 필경 싸움이 날 것이다. 나는 짐작하고도 남았다. 아니나 다를까, 아버지는 집에 오자마자 엄마께 가장이 노는데 애를 보내어 남자 하는 일에 초를 친다며 역정을 냈고, 심지어 술이 조금 들어 있는 술병을 엄마 쪽으로 던졌다. 엄마는 다행히 맞지 않았지만, 또 큰 싸움이 났다. 우리는 어쩔 줄 몰라 했다. 힘이 아버지보다 약한 엄마가 다칠까 봐, 엄마가 맞을까 봐 큰 걱정이 되는 것이다.

아버지는 엄마를 패기를 무슨 물건 패듯이 하는 사람이다. 그래서 엄마는 싸울 때마다 얻어맞는다. 나는 엄마가 약하게 조금이라도 덜 맞기를 기도한다. 엄마는 가정을 지키기 위해서,

커 가는 우리를 지키기 위해서 맞는다는 것을 알면서도 아버지께 반기를 든 것이다. 한참 싸움이 끝나면 엄마의 흐느낌 소리가 들리고, 나는 엄마를 살핀다. 어디 크게 안 다쳤는지를. 아버지가 너무 미웠다. 왜 그런 곳에 가서 돈 잃고 엄마에게, 우리에게 화풀이를 하는지. 빨리 죽어 버렸으면 하고 잠깐 생각한다. 그러나 엄마 혼자서는 우리를 키울 수 없기에 그런 마음도 못 먹는다. 엄마도 울고, 나도 울고, 동생들도 다 눈물바다다.

어찌 보면 아버지도 동네에서 왕따였다. 마을 사람 몇몇은 아버지의 돈을 노리고, 목적 있는 어울림에 참석하게 한다. 그렇게 끼우려고 노력한다. 아버지는 어김없이 그 유혹을 뿌리치지 못한다. 엄마는 늘 이런 말을 했다. 사람을 나무에 올라가도록 해서 올라가면 나무를 흔든다고. 그것도 모르고 아버지는 나무를 탄다고. 나는 무조건 빨리 크기를, 빨리 커서 이런 것을 바로잡아 우리 가정을 지키겠다고 다짐했다. 그런데 빨리 안 되었다. 그런 세월을 수없이 겪었다. 지긋지긋한 세월을.

동네 오빠, 아이들의 놀림감

그 시절엔 몰랐는데 아버지가 가정을 잘 못 지키니, 어른이나 그 어른들의 아이들이나 우리 집을 업신여기고 우리 남매를 얕봤다. 학교를 가거나 놀이 또는 게임을 할 때 내가 이기면, 나에게 욕을 하고 시비를 걸었다. 다만 나도 만만치 않기에 그들에게 반격을 한다. 일대일로 하면 나도 농사일을 거들며 잔뼈가 굵은지라 절대 지지 않는다. 그런데 그들은 꼭 형이나 누나들을 데리고 와서 합세를 한다. 나는 혼자라는 것이, 내 위에 언니나 오빠가 없다는 것이 늘 억울했다. 우리 부모는 싸우고 우리 남매는 울고, 그런데 동네 애들은 손가락질을 하며 자기들끼리 웃고 난리다. 나는 그들이 너무 미웠다. 불난 데 부채질을 하는 것이다. 그런 시절이 지옥 같았다.

그래서 나는 동네 애들은 믿지 못했다. 동네 사람들도 믿지 못한다. 개중 몇몇 사람 빼고는 절대 안 믿는다. 나는 정말 죽지 않고 열심히 살았다. 죽지 않고 열심히 사는 것이 그들을 이기는 것이다. 이렇게 살아 보니 그것이 이기는 것이었다. 경험상 그랬다.

나는 집 밖으로 잘 나가지 않았다. 집에서도 동생들과 일하고, TV 보고 나갈 시간이 없었다. 그리고 남자들과 어울릴 시간이 없었다. 나는 아버지 때문에 남자를 좋아하지 않았다. 아버지 같은 남자를 만나면 끔찍할 것 같았다. 남자 기피증 같은 게 있었다. 남자는 힘이 여자보다 세고, 여자를 우습게 보고, 여자들을 물건처럼 때리고, 존중하는 일이 없었다. 여자들이 힘들게 수고하여 음식을 하면 고맙게 생각지 않았다. 나는 남자들이 힘이 세다는 것에 짜증이 났다. 여자보다 약하면 여자에게 잘 못하면 혼내 줄 수 있는데, 그렇게 못함에 나는 억울했다. 남자들이 싫었다.

중이 될까?

나는 남자가 싫어서 결혼 안 할 생각이었다. 지긋지긋하니까. 남자라는 동물 자체가 싫었다. 남자를 보기만 해도 혐오감을 느낄 정도로 싫었다. 어느 아버지가 잘해 준다고 하면 그게 신기할 정도였다.

고등학교를 마치고 취업해서 일하는 동안 시간이 엄청 빨리 흘렀다. 그러던 중 '비구니가 될까?' 하고 생각했다. 힘이 없으니 중(비구니)이 되면 안전할 것 같았다. 그래서 여자 스님이 되면 괜찮을까? 하고 골똘히 생각했다.

그러던 어느 날 여자 스님을 보게 되었다. 그 스님은 어느 가게를 들어가자마자 먼저 염불을 하고 그 주인에게 시주를 좀 하시라고 했다. 이에 가게 주인은 싫은 기색을 하며 매몰차게 스님을 내쫓았다. 순간 나는 멘붕이 왔다. 스님을 보면 무엇이라도 시주할 줄 알았는데 저리도 매몰차게 스님을 쫓아낼 줄이야. 저 스님이 얼마나 마음이 안 좋을까 생각하니 내 마음 아프고 기분이 안 좋았다. 스님으로 사는 것도 쉽지 않겠구나, 하고 생각했다.

길을 지나가는데 TV에서 산모가 아기를 낳고 있었다. 그게 얼마나 큰 고통인지 우리 엄마가 아기를 낳는 걸 옆에서 지켜본 나는 너무나 잘 알기에, 그래 세상 사는 것도 하나의 도를 닦는 것과 같다고 생각했다. 스님이 되어 시주를 받으며 고통받고 사는 거나, 세상 살아가는 것이나. 그래서 나도 평범하게 결혼해서 살아야겠다고 생각을 한 것이다.

나는 참 부끄럼이 많았다. 사람을 잘 쳐다볼 줄 몰랐고, 약간 대인 기피증 비슷한 면이 있었다. 지금도 사람 많은 데는 가기가 싫다. 도시보다는 시골이 좋다. 바다보다는 산을 좋아하고, 계곡을 좋아한다. 도시에 빌딩 숲을 보면 숨이 막히고 '어떻게 사나?' 생각이 들 정도다. 그래도 그 많은 사람이 사는 걸 보면 정말 인간이라는 동물은 대단하다는 생각이 든다.

나는 시골의 한적하고 조용한 곳이 좋다. 서울에 사는 사람이 내가 사는 동네에 오더니 불도 많이 없고 극장이나 문화권을 누릴 수 없다고 신세 한탄을 하는데, 나는 그것도 신기했다. 그먼지 나는 서울이 뭐가 좋다고 하는지. 아침에 일어나면 새파란 하늘을 볼 수도 없고 새들의 지저귐도 들을 수 없는 서울이 뭐가 좋은지. 내가 서울에 잠깐 살 때 나는 서울이 너무 갑갑했다. 차를 몰고 갈라 치면 왜 그리 먼지, 서울을 횡단하는 기분이 들 정도였다. 아침에 상쾌한 공기도 맡을 수 없었고 유리창 밖의 하늘은 항상 뿌옇게 우중충하기만 했다. 그리고 서울은 물가가 왜 그리 비싼지, 과일을 좋아하는 내게는 그게 곤욕이었다. 내가 본 서울은 한마디로 삭막했다. 나는 경치 좋은 시골, 산소가 많아 늘 상쾌한 공기를 마실 수 있고 나무가 많아 바람을 가르며 강이 있고 잔잔한 냇물이 흐르는, 어린아이들이 멱을 감을 수 있는, 겨울은 눈이 하얗게 와서 운치가 있고, 가을은 나무들에 과일이 주렁주렁 열려 있는 풍성한 그런 곳에서 글을 쓰고 읊으며, 우리 착한 강아지들도 키우고, 집 없는 길 고양이도 보살피며 살고 싶다. 생각만 해도 신이 난다.

우리를 둘러싼 이야기

사촌 오빠에게 당하다

초등학교 4학년 때의 일이다. 나는 학교를 마치고 십 리나 되는 길을 걷고 있었다. 그날은 주위에 사람이 없었다. 폭풍 전야처럼 혼자 논밭을 지나 하염없이 가고 있었는데, 저 멀리서 사촌 오빠가 자전거를 타고 굉장히 빠른 속도로 오고 있었다. 나는 내심 무서웠다. 올 것이 왔구나 생각했다. 보름 전의 일이 떠올랐기 때문이다.

우리 마을엔 외갓집이 있고, 외갓집의 조카집도 있다. 쉽게 설명하면 우리 외할머니의 엄마집도 있다. 외할머니 남동생 되시는 분의 딸과 나는 친했다. 우리 친할머니 집도 있고 외할머니 집도 있다. 반면 큰 엄마의 아이들, 나의 사촌과는 별로 친하

"

게 안 지냈다.

　나는 외갓집 남동생의 딸과 3살 차이 났는데, 그 언니는 나에게 악의 없이 잘 챙겨 줬다. 나는 착한 그 언니가 좋았다. 그러나 나의 사촌은 나에게 괴짜 같은 존재였는데, 언제 뒤통수를 맞을지 모르는 그런 존재랄까. 해서 경계를 늦추면 안 되었다. 나의 사촌 언니는 나보다 한 살 많았다. 그래서 그 언니는 제압할 수 있었다.

　하루는 외갓집 언니가 나의 사촌 언니에게 무슨 일을 당했는지 모르지만, 나에게 부탁을 하는 것이었다. "순아, 걔 오면 네가 달려가서 얼굴 싸대기를 날려라." 나는 영문도 모르고 그렇게 하겠다고 했다. 무슨 일 있었느냐고 물으니, 그 이유는 묻지 말고 꼭 그렇게 하라고 신신당부했다. 나는 반드시 그렇게 하겠다고 약속했다. 그날은 금방 찾아왔다. 마침 언니랑 가고 있었는데 그 사촌 언니가 오는 것이 보였다. 언니는 나에게 눈짓을 줬고, 나는 개선장군처럼 비호같이 날쌔게 달려가서 그 사촌 언니 얼굴에 싸대기를 날렸다. 정확하게 싸대기를 맞은 사촌은 울음을 터뜨렸다. 나는 그것을 행하면서도 더럭 겁이 났다. 행여 보복이 두려웠던 것이다. 나는 그 일이 있고 나서 늘 좀 불안한 마음이었다.

　　드디어 대전의 그날이 왔다. 아무도 없었고 사촌 오빠가 동생의 복수를 위해 줄기차게 자전거를 밟고 나를 찾아온 것이다. 사촌 오빠는 그때 중학생이었다. 나는 아무리 기를 써도 그 오빠를 제압할 수 없었다. 그 오빠가 서서히 나에게 오더니 자전거를 세웠다. 그러고는 내가 말을 채 꺼내기도 전에 그 무지막지한 발로 내 등짝을 후려쳤다. 그 군화 같은 발로 차인 나는 저 멀리 휴지짝처럼 내동댕이쳐졌고, 순간 나는 숨을 쉴 수가 없었다. 지금도 키가 작은데 초등 4학년 때는 오죽했으리라. 나는 한참 소리를 지르지 못했고, 숨도 쉬어지지 않았다. 나는 잠시 죽음을 생각했다. '내가 여기서 죽으면 왜 죽었는지, 누가 죽였는지 쥐도 새도 모르겠지!' 나는 너무 억울했다. 정말 정말 억울했다. 여기서 죽을 순 없었다. 나는 사촌 오빠를 증오했다. 나를 그리 무지막지하게 차다니, 그는 반드시 벼락을 맞을 거야! 그만큼 미웠다. 어린 마음에, '저놈을 어찌해야 하나'라고 생각했다. 반드시 천벌을 받으리라. 너무너무 분했다. 하염없이 눈물이 나서 울고 또 울었다. 등에 급소에 차여서 힘이 하나도 없었다. 그렇지만 집으로 가야 하니 그 먼 길을 가고 또 가서 집에 도착했다. 그날은 왜 그리 멀게 느껴지든지! 집에는 아무도 없었다. 부모님은 농사지으러 간 것이다. 나는 혼자 눈물을 흘렸다. 나는 지쳐서 잠이 들었고 엄마는 그 사실을 모르고 하루가 지났다.

아침에 눈을 뜨면 또 학교로 가야 했다.

엄마에게는 며칠이 지나서야 이야기했고, 엄마는 그 얘길 듣고도 "그놈의 자식이 왜 그랬노" 하고 말할 뿐이었다. 나는 '엄마에게 이야기해 봐야 아무 소용이 없구나!' 하고 이제는 다른 어떤 말도 하지 말아야겠다고 다짐했다. 엄마가 무기력한 건지, 참는 건지 도통 알 수가 없었다. 초등 1학년 때 김옥선 선생님이 나에게 얼마나 가혹하게 했는지도 부모님은 알지 못했다. 그러니 무지막지한 아버지의 밑에서 이제껏 살았겠지, 어찌 보면 답답도 하고 불쌍하기도 하다. 엄마 나이 86세 치매, 고지혈증, 당뇨 등등 이제 연세가 있어서, 나와 전화 통화를 할라 치면 했던 말 또 하고, 아무런 관계도 없는 것을 말하며, 얼마 되지 않은 일도 잊어버리기 일쑤다. 나는 매일 엄마가 오래살길 기도한다. 다리 연골이 다 닳아서 걸으면 너무 아프서서 걸음을 잘 못 걸으신다.

엄마가 오른쪽 팔을 부러트렸다

중학생 때 일이다. 점심시간이라 엄마가 바쁘게 음식 준비를 하고 있었다. 그런데 그때 아버지가 무슨 일인지 화가 나서 무어라 고함을 지르고 있었다. 나는 그 상황이 너무 싫었다. 엄마는 아버지가 난리를 쳐도 점심을 준비했고, 우리 집 방 앞에 디딤돌을 딛고 아버지가 계신 방으로 무거운 밥상을 들고 오셨다. 나는 왠지 그 모습이 불안해 보였다. 아니나 다를까, 엄마는 밥상을 안고 넘어지셨다. 그런 와중에도 엄마는 밥상을 안 엎으려고 하다가 그만 오른쪽 팔이 부러지는 사고가 났다. 엄마가 넘어짐과 동시에 엄마의 비명 소리가 크게 들렸다. '아! 큰일이 나도 단단히 났구나!' 엄마는 팔을 붙잡고 꼼짝도 못하셨다. 뼈가 부러졌으니, 얼마나 아프셨을까! 팔이 다쳐서 아무것도 못하고 끙끙 앓기만 하셨다. 나는 생각했다. '엄마가 저렇게 되었는데, 우리 생명의 동아줄이 문제가 생겼으니 우리 남매가 살아가는 데 큰 타격이 되겠다.' 나는 엄마가 죽을까 봐 무섭고 두려웠다. 그래서 울기만 했다. '우린 아직 어린데, 어른이 되려면 아직 멀었는데 어쩌지?'

이웃집에 사는 친척 아주머니가 오시자마자 우리 보고 걱정하지 말라고 안심을 시키셨다. 나는 하늘이 무너지는 기분이었다. 엄마에게 의지하고 살아왔기에, 우리는 아직 너무 어린데 엄마가 저리 무너졌으니 말이다. 엄마는 밑 동네에 가서서 팔을 치료받고 왔고, 몇 달 동안 팔을 사용하지 못하셨다. 제대로 된 병원에 가지 않으셔서 다 나았음에도 팔이 구부정했다. 그래서 엄마는 평생을 장애 팔처럼 사용하셨다.

우리 엄마는 자식들에게 특별한 애정이 있었다. 정이 많다. 지금은 연세가 있어서 경도의 치매가 있지만 엄마는 나의 생명의 동아줄이었다. 아직까지 살아 주서서 감사하다. 오래오래 사서서 많은 부귀영화를 보시고 가시도록 늘 기도한다.

참외를 서리하다

우리 마을엔 친가, 외가가 다 있다. 친가 사촌 언니가 있는데 약간 괴짜다. 조금 엉뚱하다고 해야 하나? 뭔가 안정되지 못하고 불안한. 언니는 나보다 한 살 위로, 나하고는 성격이 잘 안 맞는다. 해서 잘 놀다가도 싸움이 난다. 그 언니는 바로 옆집 아이와 잘 어울려 다녔다.

어느 날 우리 집 앞 밭에 아버지가 참외를 심으셨다. 이후 나는 아침에 일어나면 그 밭에 가서 열매가 몇 개 달렸는지 확인하곤 했다. 정말 신기했다. 자그마한 열매가 한두 개씩 열리는 게 재밌고, 하루하루 굵어지는 게 신기했다. 그래서 매일 아침 일어나자마자 옆 밭으로 출근해서 관찰하는 게 일과였고, 몇 개 달려 있고 몇 개가 익고 있는지를 다 알고 있었다. 게다가 우리 마당의 수돗가 옆, 개암나무가 지붕 위를 지날 정도로 키가 많이 컸는데 그 나무 위를 올라가면 집 주변이 다 보인다.

어느 날, 집 주위에서 수상한 분위기가 감지되었다. 진돗개 하나가 발령된 것이다. 나는 개암나무 위를 잽싸게 올라갔다. 아니나 다를까, 사촌이 옆집 애를 데리고 와서 참외밭을 어슬렁거리는 게 포착되었고, 나는 나무 위에서 그들의 동태를 유심히 살피고 있었다. 평소에 사촌하고 감정이 안 좋던 터라 걸리기만 바라고 있었다. 내가 예상한 대로 그들은 참외밭을 서성이더니 그중 제일 잘 익은 놈을 하나 골라 따서 허리춤에 감추는 것이었다. 내가 출동할 시간이었다. 나는 즉시 나무에서 내려가 그들에게 득달같이 달려갔다. 그들은 잠시 당황하더니 내가 못 볼세라 얼른 딴 참외를 옆 풀밭으로 버리는 것이었다. 나는 개선장군처럼 그들 앞에 떡하니 버티고 서서 "왜 여기 왔지, 참외 서리꾼?" 하고 물었고, 이에 "그냥 왔는데?"라는 답변이 돌아오자 나는 "내가 다 봤다. 너거들 참외 따는 거" 하고는 그들이 버리다시피 한 참외를 풀섶에서 찾아왔다. 그러고는 "이거 봐라. 이 증거물이 있는데도 안 땄다고 하나?" 하자 그들은 "우리는 모른다" 해서 옥신각신 말싸움이 났고, 그러는 중 사촌 옆집 애가 갑자기 "나는 죄 없다. 나는 따지도 않았고, 안 오려고 했는데 억지로 가자고 해서" 하면서 씩씩거리며 화를 내고 가 버렸다. 사촌도 불리했는지 슬슬 꽁무니를 빼며 가 버렸다.

다 가고 나는 후회를 했다. '괜히 그랬나? 그냥 모른 척했어야 했나? 그들이 얼마나 창피했을까?' 생각하니 또 내가 잘못했구나 하고 후회를 했다. 나는 그들이 가고 풀숲에서 별로 크지 않은 노란 참외를 찾았다. 참외가 버려진 것 같았다. 내가 버려진 것처럼 처참하게. 나는 조금 두려워졌다. 그들에게 한 나의 행동 때문에 후에 나에게 돌아올 그들의 복수가 두려워졌다. 그들은 나에게 어떻게든 복수를 할 것이다. 좁은 한 마을에 사니 언젠가는 만날 것이고 무슨 방법으로든 그들은 복수를 할 것을 아니 나는 심히 두려워졌다. 나는 늘 근심 걱정이 많았다. 어린 게 뭐 그리 걱정이 많았는지, 부모가 싸울까 봐 걱정, 학교 가는 거 걱정, 하나가 사라지면 또 다른 하나가 생겼다. 큰 숙제였다.

그들만의 복수

어느 날 나는 소 먹이를 구하러 골망대를 들고 들로 나갔다. 열심히 풀을 베어 골망대에 담아 가고 있었는데, 인기척이 났다. 나는 뒤를 돌아보았다. 원수는 외나무다리에서 만난다더니 사촌 옆집에 사는 애의 남동생이 서 있었다. 나는 깜짝 놀랐다. 그렇지만 겉으론 안 놀라는 척 태연한 척을 했다. 남동생은 나보다 한 해 후배로 나의 남동생과 같은 학년이었다. 나는 최대한 태연한 척 "풀 베러 왔어?" 하고 물었고, 그 아이는 "가시나야, 공부도 못하는 게. 어디다 풀 베러 왔어? 낫 가지고 확 그냥" 하고 말했다. 나는 그 말에 충격을 크게 먹었고, 분하여 정신을 차릴 수 없었지만, 침착하게 정신을 차리고 아무 말도 하지 않고 조용히 그 자리를 벗어나고자 했다. 이에 그 남동생은 가지 못하게 앞길을 막아섰다. 걔는 남자라서 키도 나보다 훨씬 커서 나는 걔를 위로 쳐다볼 수밖에 없었다. 그만큼 불리했다. 아! 나는 순간 앞이 캄캄해져서 어두운 터널로 들어가는 기분이었고, 속으론 '어떻게 하지? 어떻게 하지?' 하고 누군가의 도움을 받고자 주위를 둘러보았지만 내 편인 사람도 내가 살고 있는 집도, 저 멀리 있었다. 넘어지면 금방 집이지만, 왜 그리 그 순간이 멀게만 느껴지던지! 나는 '아차 하면 쟤가 무슨 짓을 저지르겠구나, 나는 잘못하면 죽겠구나!' 하고 큰 위협을 느꼈다. 나는 말을 하면 안 되겠다는 생각이 들어 이리저리 빠져나가려 했다. 그런데 걔는 내가 가는 길목마다 막았고 나는 그 순간이 숨이 막혀왔다. 더운 여름이었고, 후덥지근한 습도가 느껴지는 기분 나쁜 시간, 끝이 나지 않을 것 같은 시간이었다.

나는 별의별 생각이 났다. 어떻게든 이 순간을 벗어나야 할 텐데! 내가 가려고 시도를 계속하니 길이 열렸다. 개가 이제 나를 많이 괴롭혔다 생각했는지 더 이상 막지 않고 나를 가게 놔두었다. 그러면서 뒤에서 이렇게 고함을 질렀다. "가시나, 다음에 만나면 뒤질 줄 알아라, 까불면 뒤진다." 아마 자기 누나한테 참외 서리한다고 한 게 이런 복수극을 낳은 듯했다.

나는 그 순간이 너무나 치욕스럽고 분했다. 나의 남동생하고 나이가 같은 애가 그렇게 나를 겁박하고, 심한 모욕을 주고, 낫 가지고 위협을 하다니! 나는 집으로 가서 엄마에게 이야기했다. 엄마는 어릴 때 나의 지원군이 되지 못했다. 사정을 이야기했지만 엄마는 "못된 씨앗이다. 같이 어울리지 마라. 그 씨앗들은 천벌받는다" 하시며 나의 염장을 더 질렀다. 나는 심장이 벌렁거리고, 분했다. 어른인 엄마가 찾아가 따지고 뭔 말을 해 주어야 하는데 겨우 나한테 저런 말만 하니, 나는 더 화가 났다. 눈물도 나지 않았다. 너무 화가 나서 나는 며칠이나 그 일로 우울하고 힘들어 했다.

나는 지금도 그 상황이 생각나면 열이 난다. 옆집 사는 애는 나와 같은 학년이자 라이벌이었지만 나이는 나보다 한 살 많았다. 꾀가 많은 애였다. 나는 늘 걔와 친해 보려 그 당시 비싼 연필, 돈 10원 등을 줬지만 그리 오래가지 못했다. 그 애는 친척인 애하고만 친하게 지내며 나를 왕따시켰다. 나의 유년 시절은 늘 잿빛이었다. 나는 스스로 모든 걸 혼자 해야만 했다. 내가 맏이고 나한테는 오빠, 언니가 없었기에. 나는 있는 애들이 많이 부러웠다. 내 위에 한 명 있었지만 엄마의 초산으로 인해 그 생명이 잘못되었다는 소식만 알 뿐이었다. 엄마는 늘 "나쁜 친구를 사귀지 마라"고 했다. 그런데 구체적으로 어떤 애가 나쁜지는 가르쳐 주지 않았다. 그래서 욕하는 아이, 도둑질하는 아이,

남을 괴롭히는 아이 등을 생각하고 나름 정리해서 그런 애들이랑 어울리지 않았다. 그래서 내 주위엔 나쁜 아이들이 없었다.

자반고등어와 라디오

장날이 되면 시골 사람들은 일 년 내내 지은 농산물을 이고 지고 해서 장으로 팔러 나간다. 아버지도 장날에 여러 가지를 준비해서 장으로 가셨다. 어린 우리 남매는 아버지가 장에 가서 우리에게 무엇을 사 줄지, 어떤 맛있는 것을 사 가지고 오실지, 기대하고 희망에 부풀어 하루 종일 아버지만 기다렸다. 한편으로는 걱정도 되었다. 만약 아버지가 술이라도 마시면 또 사람들에게 휩쓸리어 노름을 하게 되기 때문이다. 나는 제발 그리 안 되기를 학수고대한다.

어느덧 시간이 되어 저녁이 되면 아버지가 돌아오신다. 그날은 아버지가 술은 조금 드셨고, 반찬으로 자반고등어를 사 가지고 오셨다. 다음 날 아침 엄마는 가마솥에 밥을 하시고, 아궁이에 불씨를 살려 석쇠에 고등어를 얹어서 구워서 둥그런 양철 밥상에 올리셨다. 즐거운 아침 시간, 지글지글 노랗게 갓 구워서 김이 모락모락 나는 먹음직스러운 자반고등어와 하얀 밥, 김치 그리고 그 당시엔 유일한 통신수단인 라디오가 신나는 음악 소리를 내며 돌아가고 있었다. 제일 먼저 아버지가 고등어의 커다란 머리를 뚝 떼시더니 밥과 함께 맛있게 한 입 드셨다. 나는 아버지는 왜 살코기를 안 드시고 머리를 드실까 궁금했다. 아버지도 자식 사랑은 있었나 보다. 엄마는 고등어 가시를 바른 고기를 나에게 얹어 주셨다. 나도 한 입 크게 밥을 한 숟갈 입에 넣었다. 순간 나는 속으로 탄성을 지르며 나도 모르게 라디오의 음악에 따라 덩실덩실 춤을 추기 시작했다. 그런 걸 보면 나는 끼를 타고났는지도 모른다. 그런데 엄마가 그런 나를 제지시켰다. 그렇게 하면 아버지가 화를 낸다는 것이었다. 그러면서 아버지의 눈치를 살피는 것이었다. 나는 그만 스르르 춤 동작을 멈추고 자리에 앉아 밥만 퍼먹었다.

나는 아버지가 무서웠다. 우리 집 가장으로서 최고 권력을 기지고 우리를 쥐락펴락한다. 말을 안 들으면 심한 욕과 회초리가 동반된다. 우리 식구는 늘 아버지 저기압인지, 컨디션은 어떤지, 집안 어디서 무엇을 하는지, 집에는 있는지, 출타 중인지를 체크했다. 만약 집에 없으면 약간 해방감을 가질 수 있었다.

있으면 아버진 어김없이 우리에게 일을 시킨다. 농사일은 왜 그리 많은지, 돌아서면 일이고 쉴 틈이 없다. 아버지는 늘 우리에게 이거 해라, 저거 해라 시키신다. 진절머리가 나고 일이 끊임이 없었다. 해도 해도 끝이 나지 않는, 아무리 해도 보상이 없는, 늘 이것이 언제 끝날지 아득하기만 했고 힘이 들고 지쳐 갔다. 이런 생활이 싫어 잠에서 안 깨어났으면 하는 생각이 가끔 들고는 했다.

요새는 애들 끼를 살린다고 애들이 고집을 부리고 엉뚱한 길을 가도 부모가 애들 눈치를 본다. 애들은 어릴 때 잡아 주어야 한다고 본다. "세 살 버릇 여든까지"라고, 너무 버르장머리 없이 키우면 어른이 되어서도 애인지 어른인지 분간이 안 갈 정도다.

비 오면 우울한 날

내 삶이 어딜 가나 암흑이다 보니 나는 하늘이 우중충하든지 비가 오면 마음이 우울해진다. 깨진 앞니의 신경이 죽어 가다 보니 자주 잇몸과 입이 묵직하게 아팠고, 늘 몸이 무거웠으며, 몸살 비슷한 걸 앓았다. 학교 가도 재미없고, 집에 오면 또 지옥이고, 어디 마음 둘 곳이 없었다. 그런 세월을 견뎌 갔다.

우리 집안은 불교였다. 엄마가 불교니 자식들도 당연히 따라갔는데, 비가 오면 참 신기한 기분이 들었다. '아! 하나님이 아니 부처님이 이렇게 오묘히게 눈물 비슷한 비를 내려 주시는구나! 그러나 시간이 지나면 기분이 이상해지고 조금 더 지나면 기분이 우울해졌다. 비가 와도 학교에 가야 하고, 집에도 와야 하고, 늘 반복의 연속이었고 숙제였다. 그래서 늘 걱정이었다.

자그마한 것이 그리도 걱정이 많았다.

부모는 내 속을 몰랐다. 절대 알 수가 없었을 것이다. 요즘은 아이들이 부모와 소통을 많이 하기 때문에 애들의 근황을 어느 정도 살필 수 있지만 70, 80년대에는 그렇지 못했다. 부모들은 살기 바빴고, 애들은 그냥 크는 줄 알았다. 밥만 먹여 주면, 돈만 주면, 옷만 입혀 주면 사는 줄 알았다. 그러나 애들도 생각이 있고, 너무나 많은 갈등과 연민에 살아간다. 너무나 큰 고난을 겪고 있는지도 모른다.

자기 선에서 해결하지 못할 일이 많이 일어난다. 아주 작고 여린 생명이지만 그들도 한 생명체로서 존엄하게 살기를 바라고, 어른들이 자기들을 무시하지 않기를 바라고. 인정해 주기를 바란다. 어른들만 사람이 아니고 그들도 사람이고 사회의 일원이다. 그들이 크기까지 많은 시간과 보호가 필요하다. 언젠가는 어른이 되어 자기주장도 할 수 있고, 사회 일원으로 큰 힘을 발휘할 것이 분명하다. 한 생명을 잉태하고 자립할 수 있을 때까지 많은 시간이 필요하지만, 그 생명은 고귀하게 키워져야 한다. 나무나 식물이 제대로 키워져서 꽃을 피우고 열매를 맺듯이 조심조심 키워져야 한다.

그러나 요즘은 과보호를 해서 너무 예의 없는 애가 너무 많다. 기본적으로 예의는 있어야 한다. 그래야 더불어 사는 세상이 찾아올 것이다. 나처럼 너무 주눅들며 크다 보면 자기다움을 찾는 데 어려움이 따른다. 또 아예 찾지 못하는 사람도 있다. 그리고 커다란 트라우마가 생긴다. 그래서 어린아이들은 철저한 보호를 받아야 함이 당연하다. 그렇지 못한 아이들은 너무 불쌍하고 불행하다. 그런 애들은 한평생, 한 세기를 살아감에 있어, 크게 또는 적게 평생 트라우마를 안고 살아갈 것이다.

나는 어릴 적 비가 오면 먹구름이 덮인 하늘과 하늘을 뚫고 내리는 빗물이 많이 부담스러웠다. 왠지 나의 눈물 같고, 나의 환경을 말해 주는 것 같아서 그랬다. 햇살처럼 반짝반짝 빛나지 않는 게 싫었다. 그럼 괜히 우울해지고, 슬퍼져서 하루 종일 말이 없고 조용했다. 결코 돈이 없어서 그런 것은 아니었다. 우리 집은 돈이 많았다. 나는 어려서 몰랐지만 말이다. 나만의 세계는 평온치 않았고 늘 우울했다.

비 오면 행복한 날

그러던 어느 날부터 나는 비가 오면 행복해졌다. 뭔가 풍부해지는 느낌, 온 우주에 촉촉한 느낌. 하늘에서 물이 내리는 게 신기하다. 아! 신이 존재한다는 것이 증명되는 것 같다. 늘 우울했던 마음이 사라지고, 희망이 생기고, 꽃이 피어나는 순간인 것 같다. 무엇이든지 할 수 있을 것 같다. 옛날 조그마한 어린 생명, 누구도 쳐다보지도 않고, 바람 불면 날아가고, 존재하고 있나 싶을 정도로 생명이 느껴지지 않은 어린 소녀, 늘 마음이 불안하고 걱정이 많았던, 그 수많은 시간과 세월을 견디고 이제는 그 누구도 감히 나를 어쩌지 못하는 마음도 어른. 이제는 어린 소녀도 아니고 모든 것을 이기고 견디고, 온 세월을 거쳐 온 튼튼한 나무가 되었다.

내가 만약 그들로부터 졌더라면 결코 우울한 날을 벗어나지 못했을 것이다. 그 숱한 나날을 견디고 온 나에게 찬사를 보낸다. 희진아 잘했다. 고마워, 응원해. 지금도 그 누구는, 나의 어린 시절과 비슷한 환경에 처해 있으리라. 그러나 버티면 된다. 씩씩하게, 당당하게! 이렇게 어느 순간부터 나에게, 비는 따뜻하게 다가왔다. 그 옛날의 우울한 비가 아니었다. 이제 세상 모두를 이기고 개선장군처럼, 나의 승리를 자축하듯, 이젠 비를 기다리는, 기다려지는 내가 되었다. 이젠 비가 와도 슬프지 않고, 우울하지 않고, 기쁘다. 비를 맞으며 걷고 싶어진다. 이렇게 내 마음에 안정을 주고 산뜻하고 신선한 느낌을 주는, 빗소리를 들으며 잠들고 싶다. 빗소리는 들어도 들어도 싫증이 안 난다.

한 생명이 태어나서 크기까지 무수한 시간이 흘러 수많은 사연을 낳고, 여기까지 오기가 얼마나 힘이 들었나. 하지만 또 겪지 않으면 안 될, 거쳐야만 하는 시간이기에, 결국 끝까지 견디는 자만 승리의 기쁨을 맛볼 수 있다. 반년을 살아왔다. 때론 삶이 재미없어도, 때론 반짝 재미있어도, 나는 열심히 나의 길을 갈 것이다.

소설가를 꿈꾸다

중학교 2학년, 국어 시간이었다. 머리가 약간 벗겨지고 키는 170cm 정도의 국어 선생님이 들어왔다. 우리 반 아이들에게 각자 소원과 꿈이 무엇이냐고 물었다. 나는 TV 속 탤런트들의 연기가 재밌어서 연극인이나 탤런트가 되고 싶었다. 그런데 내 키가 너무 작아서 탤런트는 못할 것 같았다. 가수를 하자니 목소리가 별로였고, 노래를 부르면 목이 아파 그것도 아닌 것 같았다. 각자 아이들은 일어나서 대통령 등 꿈 발표를 했다. 나는 아무 생각이 나지 않았다. 그러던 중 갑자기 생각난 게 소설가였다. '소설가가 되어 볼까?' 그런데 소설가는 먼 여정 같았다. 길고 긴 여정.

국어 선생님이 나한테는 묻지 않고 지나갈 줄 알았는데, 갑자기 느닷없이 질문을 했다. "그래 네 꿈은 뭐냐?" 나는 벌떡 일어나 크게 말했다. "소설가가 되고 싶어요." 그 말을 들은 선생님은 여러 애들의 꿈을 듣고선 별 반응을 하지 않더니 내 말에는 크게 반응을 하는 것이었다. "그~으~래? 그래, 소설가라… 소설가 좋지! 그래, 너는 나중에 커서 소설가가 돼라" 하시며 한참 보시더니 흐뭇하게 웃으셨다. 나는 그 선생님이 마음에 들지 않았다. 대머리인 데다 청순해 보이거나 진지해 보이지도 않았으며, 느끼하고 성실해 보이지도 않았다. 선생님은 뒤이어 내게 이렇게 말했다. "소설가가 되고자 한다면 책을 많이 읽어야 한다." 나는 그 와중에도 책을 읽고 있었는데, 제목은 '드라큐라 백작'이었다. 중 2 즈음에는 초등학교 문교반에 있는 책은 거의 다 읽은 터였다. 그렇다고 소설가가 되겠다고 마음먹은 적은 없었는데 국어 선생님이 나의 꿈을 일깨워 준 것이다.

나는 책을 읽으면 그 모든 상황이 주마등처럼 전개된다. 바닷가를 거닐고 있다 하면 푸른 바닷가에 바닷물이 쏴아 부서지고, 모래사장이 끝없이 이어지며, 깨끗히고 파란 바닷물이 출렁인다. 다른 아이들과는 달랐던 것 같다. 아무튼 그때 소설가는 망망대해를 지나는 긴 여정 같다고 생각만 하고 있었는데, 나는 이제 소설가가 되었다. 그 어린 새싹이 큰 싹이 되어 꿈을 이룬 것이다.

모든 아이가 꿈을 꾼다. 어리기에 가능할 것이다. 골프 선수가 되기 위해서는 눈만 뜨면 골프 채를 들고 연습을 해야 한다. 그리고 부모들의 뜨거운 지원이 있어야 한다. 보통 스포츠는 돈이 많이 들어가고 부모들의 역량이 필요하다. 그런 환경이 안 되면 많이 힘들 것이다. 타고난 스포츠맨들도 있지만 그렇지 못한 이들도 있다. 꿈이 있는 이들도 있지만, 대부분의 요즘 애들은 꿈이 없다고 한다. 꿈이 없는 게 유행이라나? 하기야 꼭 꿈이 있으라는 법도 없다. 꿈이 있든 없든 열심히 살아가면 된다고 나는 생각한다. 살다 보면 뭔가 되겠지.

진돗개

우리 외할머니 집은 우리 집에서 걸어서 5분도 채 안 걸린
다. 나는 집이 답답하거나 엄마가 이것저것 시키고 짜증 나게
할 때 피난처로 외할머니 집에 쪼르르 갔다. 외할머니는 일찍이
혼자 되셨고, 나를 늘 반겨 주셨다. 저녁에 가면 맛있는 저녁도
차려서 같이 먹고 놀다가 잠이 들고는 했다. 내가 잠이 들면 엄
마는 나를 찾으러 오신다. "할머니 엄마 오면 내 잔다고 해." 할
머니는 고개를 끄떡이신다. 조금 시간이 지나면 엄마가 어김없
이 온다. 나는 금방 누워서 자는 체를 한다. "여 순이 왔나?" 엄마
가 말하면 "그래, 왔다" 하시며 할머니는 눈을 꿈쩍거리신다. 아
마 할머니하고 엄마의 암호였으리라. 나는 할머니 집에서 자고
아침 일찍 집으로 가거나 할머니 집에서 아침까지 얻어먹고 집

에 가고는 했다.

　할머니가 어느 날, 강아지를 한 마리 데리고 왔다. 장에서 샀다고 했다. 그 당시 개는 귀한 동물이었고, 집을 지키는 등 여러 면에서 필요한 존재로 여겨졌다. 약간 흰색 톤에 검은 털이 조금 섞인 강아지로 나름 귀여웠다. 강아지는 사람도 잘 따랐다. 유독 나를 잘 따라다녔고 할머니 집에 가면 나를 많이 반겨주었다. 그 강아지를 목욕도 시키고, 물에 데리고 가서 같이 멱도 감고 헤엄도 잘 쳤다. 내가 중학교 다닐 때쯤 강아지는 어른 개가 되었다. 그리고 더 똑똑해졌다. 내가 어디 갈라 치면 어김없이 따라나서고는 했다.

　중학교 방학이었고, 나는 그날 당번인 데다 이것저것 숙제가 있어서 학교에 가야 했다. 아침 자전거를 타고 학교로 가는데, 그 진돗개가 나를 따라나서는 게 아닌가. 동네라면 가까워서 괜찮지만 학교는 먼데 자꾸 따라왔다. 마침 할머니도 밭에 갔는지 안 보였다. 하필 시간이 촉박하여 개를 잡아다 메어 놓을 수도 없었다. 자꾸 뒤를 돌아보며 집으로 가라고 했지만, 계속 따라왔다. 보통 개는 조금 따라오다 안 따라오는 데 정말 저 개는 똑똑해서인지 15리나 되는 학교를 가는 데도 끝까지 따라오는 것이 아닌가! 나는 저 개를 어떻게 할 줄 몰라서 학교 가면 운동장에 잠시 묶어 놓을까 했는데, 학교 근처까지 오더니 애들의 말소리에 놀라 도망을 치는 거였다. 나는 큰일 났다고 생각하고, 다시 뒤돌아가서 개를 살살 달래어 줄에 묶어서 어떤 집에 잠시 보관하고 학교 일 마치면 다시 데리고 가려고 했다. 학교 운동장에 풀도 뽑고 여러 일을 하는 와중에도 내 머릿속엔 온통 개 걱정이었다.

학교에서 나와 집으로 돌아오는 길에 개 묶어 놓은 곳으로 갔는데, 세상에! 개가 없어지고 끈만 덩그러니 있었다. 나는 어쩔 줄 몰라서 이리저리 개의 이름을 부르며 찾아다녔는데 나타나지 않았다. 할머니한테 꾸중 들을 일을 생각하니 앞이 캄캄했다. 포기하고 자전거를 터덜거리며 타고 집으로 향하는데 갑자기 개가 짠 하고 나타났다. 얼마나 반갑던지 나는 개를 안고 잘 왔다고 고생했지 하면서 함께 집으로 갔다. 개도 내 자전거를 따라왔다.

효정이라는 동네를 지나가고 있었다. 그 마을 아저씨들이 모여서 나를 부르는 게 아닌가? 나는 무슨 일이지? 모르는 아저씨들이 왜 저러지?' 하는데, 어떤 한 아지씨가 개를 자기들한테 주고 가라는 것이었다. 나는 심통이 나서 계속 가려는데, 할머니가 자기들한테 개를 팔았다며 계속 달라는 것이었다. 나는 할머니가 너무 미웠다. 아저씨들이 개를 붙잡으려고 이리저리 노력했지만 똑똑한 개는 붙잡힐 리가 만무했다. 그때 어떤 아저씨의 말에 나는 무너지고 말았다. 그 개를 붙잡아서 안 넘겨주면 할머니가 다시 와야 한다는 것이었다. 나이 든 할머니가 먼 길을 걸어서 개를 넘겨주고 가야 한다는 생각에 개가 너무 불쌍했지만 나는 할머니를 위해 개를 잡아 줄 수밖에 없었다. 내가 살살 달래니 개는 나의 손에 잡혔고, 너무 불쌍하지만 아저씨들한테 넘겼다. 나는 그 개의 마지막 불쌍한 모습에 울면서 그 자리를 떠났다.

집으로 돌아오는 내내 나는 너무 슬펐다. 그리고 할머니가, 인간들이 너무 미웠다. 지금도 개의 마지막 모습을 잊을 수가 없다. 한참 집으로 가고 있는데 할머니가 저만치 오시면서 개어떻게 했냐고, 개 데리고 안 갔냐고 하셨다. 나는 왜 개를 팔았냐고 원망을 했다. 할머니는 돈이 있어야 하기에 어쩔 수 없다고 했지만 나는 화가 풀리지 않았다. 나는 이제는 할머니가 이해되지만 용서가 안 된다. 나는 한동안 할머니 집에 안 갔고, 할머니와 말도 하지 않았다.

소의 눈망울

　엄마가 결혼하고 열심히 농사지은 결과 송아지를 한 마리 샀다. 그 송아지가 어른 소가 되어 새끼를 낳고 또 새끼를 낳아 우리 집의 살림 밑천이 되었다. 그 소는 눈망울이 크고 맑았다. 그 소의 눈을 보면 마음이 정화되고 힐링될 정도였다. 완전 눈이 천사 같았다. 그 눈을 보면 계속 보고 싶고 내 마음이 착해지는 느낌이었다.

　그 소는 아버지와 밭갈이를 같이했으며, 우리 집의 농사 밑천이 되었고, 우리 가족이나 마찬가지였다. 엄마는 개는 별로 좋아하지 않았지만 소는 너무 좋아하셨다. 우리는 부지런히 소풀을 뜯어 쇠죽을 끓여 먹였고, 여름이면 소를 산으로 올려서 싱싱한 풀을 뜯어먹게 하고 저녁이면 산으로 소를 찾으러 가서 온

갖 싱싱한 풀을 먹여 배가 불룩한 소를 데리고 오고는 했다.

어느 날은 소를 못 찾고 집으로 온 적이 있는데, 아침 일찍 산으로 소를 찾으러 가 보니 소가 묘 옆에 있었다. 방학이면 우리의 일과는 소를 돌봐 주는 것이 되었다. 점심때가 되면 소를 산으로 올려보내고, 저녁이 되어 해가 서산으로 기울면 소를 찾으러 갔다. 유난히 우리 집 소는 잘생겼고, 눈이 참 예뻤다.

내가 중학교 3학년 때쯤의 일이다. 부모님은 아침부터 큰일이 난 것처럼 부산하게 움직였고, 동네 사람들도 모여서 웅성거렸다. 나는 무슨 일인가 하고, 엄마한테 물어봤다. 우리 소가 나이가 많아서 소를 어디 보냈다는 것이었다. 나는 소가 너무 불쌍했다. 저렇게 눈망울이 크고 선한데 어디로 보냈단 말인가? 그때는 나는 너무 힘이 없어서 소를 위해 아무것도 할 수가 없었다. 그렇게 평생을 같이한, 우리 가족인 소는 우리 집을 떠났다. 나는 떠나는 소를 보지 않으려 소가 보이지 않는 곳에 숨었다. 가슴이 먹먹해지고 마음이 아려 왔다. 가족을 잃은 슬픔 그 이상이었다. 늘 동고동락하던 우리 집을 지켜 주던 말 못하는 짐승이지만, 우리한테는 가족 이상이었다.

그다음 날부터 소는 보이지 않았다. 소가 어디로 갔고 어떻게 했는지 알면 너무 슬퍼질 것 같아 나는 부모님께 더 이상 묻지 않았다. 그렇게 그 소는 평생 우리에게 도움을 주고 말없이 떠나갔다. 나는 그 소가 제발 잘 되기를 마음속으로 빌었다. 아직도 그 소의 커다란 눈망울이 생각나면 가슴이 먹먹해지고, 그 소가 너무 그리워진다. 불쌍한 우리 소가 너무 보고 싶다.

당뇨병이 무서운 이유

우리 집은 늘 일손이 부족했다. 그래서 늘 우리 집 일을 도와주시는 아주머니가 있었다. 그 아주머니는 아저씨는 없는지 보이지 않았고, 딸이 2명이 있는데 가끔 보였다. 한 명은 나보다 한 살 적었고, 또 한 명은 나보다 두 살 많았다. 가끔 학교 다녀올 때 만나곤 했는데, 나보다 한 살 적은 아이는 웬일인지 새침하게 대해서 가까이하기엔 어려웠다. 그래서 가끔 보였다. 엄마의 말씀으론 아주머니의 아저씨가 많이 아프다고 했다.

하루는 그 집 아저씨를 봤는데 내가 좋아하지 않는 술을 많이 마시고, 뭐가 그렇게 불만이 많으신지 세상을 원망하면서 술주정을 했다. 그때 이후로 오랫동안 그 아저씨는 보이지 않았다. 너무 안 보이시길래 '혹 돌아가셨나?' 나 혼자만 생각했다. 나보다 한 살 적은 아이가 한 번씩 보였는데, 그 아이는 나를 볼 때마다 늘 새침했다. 반면 언니는 씩씩했고, 목소리가 컸지만 나이 차이 때문에 내 동무는 되지 못했다.

어느 여름에 나는 마을 위로 산딸기를 따러 올라갔다. 그런데 그 아이들이 그들 집이 거기였던지 한 외딴집에서 보였다. 그들 중 한 명이 내게 말을 걸었고, 자기 집이라면서 친근함을 드러내었다. 그 시절에는 쌀밥 먹는 게 힘들었다. 나는 그것도 모르고 엄마가 늘 쌀밥을 지어서 주니 당연한 줄 알았다. 그런데 그 아이들은 나물을 많이 먹고 쑥도 많이 먹어서 변을 보는 데 너무 힘들어 했다. 당시 화장실이라고 흙바닥에 흙을 조금 파서 웅덩이를 만들고, 돌을 옆에 얹어서 화장실 아닌 화장실을 만들어 볼일을 보는 것 같았다. 그들이 볼일을 보고 나보고도 소변이 보고 싶으면 그곳에 가서 보라고 했다. 나는 별로 보고 싶지 않았지만 그들과 어울리고 싶어서 볼일을 보는 척 그곳에 갔는데 나는 깜짝 놀랐다. 그곳에 얼마나 크고 굵은 변이 있던지. 좀 진에 나보다 어린애가 볼일을 보면시 얼굴을 찡그린 이유를 알았다. 나는 그들이 너무 불쌍해 보였다.

또 나보다 나이 많은 애가 나보고 보여 줄 것이 있다고 와보라고 했다. 그런데 나보다 나이 어린애는 고개를 흔들며 안 된다고 했고, 그애는 괜찮다면서 나보고 와 보라고 했다. 그래서 호기심으로 그곳에 갔는데 나는 두 번째로 깜짝 놀랐다. 그곳은 방 안이었는데, 바닥은 황토색 흙바닥이었고, 가마니 비슷한 게 몇 개 여기저기 있었고, 한쪽 구석엔 고통에 일그러진 채 다리를 잃은 아저씨가 아파서 고함을 지르고 있었다. 그 광경이 나에게는 너무 충격이었다. 그런데 그 아이들은 그 모습이 당연한 듯 놀라지도 않고 슬슬 웃음까지 흘렸다. 심지어 나보다 나이 많은 언니는 아저씨를 놀리기까지 했다. 그 아저씨는 너무 아픈지 고함을 지르며 우리에게 달려왔고, 우리는 깜짝 놀라 도망쳤다. 그 애는 절대 다른 사람한테는 이야기하지 말라고 부탁했다.

나는 그 광경이 너무 무서웠다. 나중에 엄마한테 이야기했더니 그 아저씨가 아파서 아무것도 못하고 아주머니가 이 집 저 집 일손을 도와주면서 애들을 키우고 있다고 했다. 한 집안의 가장이 아프면 온 가족이 힘들고, 살기가 너무 힘들어진다. 아프면 돈이 많이 들어서 그 감당을 할 수가 없다. 온 가족이 풍비박산이 난다. 요즘은 어디서든 돈을 벌면 되지만 그 옛날은 벌어먹기도 힘든 시기라 여자 혼자서 가족을 돌보기엔 너무 힘들었다.

나중에야 그 아저씨의 병이 당뇨병이라는 걸 알았다. 요즘은 당뇨 약도 잘 나오고 약 잘 먹으면 살아가는 데 별 지장이 없지만, 그 당시에 당뇨는 불치병이다. 무조건 살이 썩는다고 알고 있었다. 발도 썩고 다리도 썩어서 처음엔 발가락 자르고 다리 자르고…. 정말 무서운 병이었다. 그래서 그 병에 걸린 사람들은 인생 다 살았다고 이젠 죽는구나 했을 것이다. 그 아저씨가 지금 시대에 태어났다면 그 병은 아무것도 아니었을 테고 잘 살았을 것이다. 사람이 시대를 잘못 태어나 한평생 세상을 원망하며 그리 허망하게 잘살아 보지고 못하고 가셨다.

노랑 병아리

나는 늘 혼자 다녔다. 왜 혼자 놀고 혼자 볼일을 다 봤는지 모르겠다. 맏이라서 그랬나? 또래가 별로 없어서 그랬나? 하기야 동생들이 많아서 동네 애들을 부를 필요가 없었지. 하여튼 나는 늘 모든 문제를 혼자 해결하려 했다.

어느 따뜻한 봄날, 오두막처럼 작은 짚으로 지붕을 덮은, 아주 옛날에 지은 집에 사는 할머니 집을 우연히 방문했다. 그 오두막집은 따뜻한 양지 쪽에 지어져 햇볕을 온전히 받고 있었다. 추운 겨울 끝이라 햇빛이 많이 필요한 때였다. 우리 생활 패턴상 가끔 그 집 앞을 지나가는데, 시간을 내어 그 집을 방문하는 일은 드물었다. 다만 늘 그 집 앞마당에는 봄날이면 노랑 병아리들이 몰려 있었는데, 어미가 열심히 흙을 파헤치고는 아기 병아리를 몰고 다녔다. 어미 닭은 연신 "구구"거리고 아기 병아리들은 연신 "삐약삐약"거리며 엄마 닭을 졸졸 따라다녔다. 노란 색깔의 병아리들이 얼마나 예쁘고 귀엽든지, 한 번 안아 보고 싶었지만 서릿발 같은 어미 닭이 있기에 눈으로밖에 볼 수 없었다. 나의 눈은 연신 그 어미 닭과 병아리들을 쫓으며 그들이 무엇을 하는지 유심히 관찰했다.

그 집엔 호호 할머니가 혼자 살았는데, 인상이 좋고 내가 가면 반가이 맞아 주셨다. "할머니 참 신기하지요? 어떻게 저런 예쁜 생명들이 태어날 수가 있어요? 신은 참 신기하세요" 하고 내가 말하면 할머니는 "허허 글치, 어미 닭이 아가들을 몰고 다니는 게 사람보다 낫다"면서 웃으셨다. 한참을 봐도 싫증이 안 나고 너무 재미있었다. 하루 종일 그 닭들은 보고 있어도 재밌었을 듯하다.

어미 닭은 연신 땅을 파고 뭔가 쪼아서 먹고, 아기 병아리늘도 엄마 닭을 따라 하는 모습을 보면서 사람보다 낫다는 생각을 했다. 요즘 어떤 부모는 애를 낳는 동시에 버리고 자기 길을 찾아간다. 어느 정도 키워서 본인들의 생활을 찾아주고 가든지, 아무것도 못하는 어린 생명을 버리면 어떻게 되나? 참 그런 것을 볼 때 가슴이 아프다. 그러니 저 어미 닭보다 못한 셈이다. "사람이 짐승보다 못하다"는 말이 나올 수밖에 없다.

나는 그 닭들을 보러 자주 그 할머니 집에 들러서, 그 어미 닭 가족을 보고 오고는 했다. 어미가 이쪽으로 오면 노란 병아리들도 "삐약삐약"거리며 쪼르르 오고, 어미 닭이 저쪽으로 가면 또 자그마한 애기 병아리들이 "삐약삐약"거리며 쪼르르 저쪽으로 가고, 정말 봐도 봐도 재밌는 광경이었다. 그 모습을 보는 나는 행복하다는 감정이 솟아오르곤 했다. 나도 병아리들을 키우고 싶었지만 기회가 없었다. 언젠가 따뜻한 봄 햇살을 받으며 병아리들을 키우며 닭을 감상하고 싶은 생각이다. 지금도 그 모습을 떠올리면 마음이 따뜻해진다.

미숫가루

　우리 집은 식구가 많아 무엇을 해도 금방 없어진다. 그 당시 촌에는 간식거리가 없고, 간식 대용으로 미숫가루를 많이 만들어 먹었다. 미숫가루를 시원한 물에 타서 설탕을 조금 넣으면 훌륭한 먹거리가 된다. 또 다른 방법은 미숫가루에다 설탕을 섞어서 가루로 퍼 먹는 것이다. 달달한 게 너무 맛있었지만, 한 번 콜록 하면 큰일 난다. 목이 막혀 한참 고생을 한다.

　득히 여름이면 미숫가루가 많이 쓰여시 꼭 미숫가루를 만든다. 하루는 엄마가 학교 가는 나에게 방앗간에 들렀다 하교할 때 가지고 오라고 심부름을 시켰다. 학교가 멀어서 자전거로 등하교하던 때인데, 내가 일꾼인 줄 알았던 모양이다. 빈 비료 포대기에 볶은 보리 콩 등을 잔뜩 넣은 걸 가져오라고 한 것이다. 그걸 자전거에 실으니 자전거 앞이 들릴 정도였다. 그래도 자전거 무게가 있어 겨우 싣고 갈 수 있었지만, 다른 걸 미처 생각하지 못했다. 학교 가는 길은 내리막길이 많아 수월한 반면, 집에 돌아가는 길은 반대로 경사 진 오르막길이 많다. 특히 저수지가 있는데, 그 저수지 둑은 어른도 겨우 올라올 지경이었다.

아침에 방앗간에 맡긴 후 돌아오는 길, 그걸 억지로 자전거 뒤에 실었다. 방앗간 아주머니도 '저 작은 아이가 저걸 싣고 갈 수 있을까?' 하고 의아해 하며 바라보는 것 같았다. 나는 낑낑거리며 그걸 싣고 자전거를 타고 겨우 우리 마을 밑에 있는 동네를 거쳐, 그 문제의 저수지 둑까지 왔다. 급경사 진 길을 보니 엄두가 나지 않았다. 그래도 한 번 해 보자 하고, 나는 미숫가루 실은 자전거를 끌고 올라가기 시작했다. 조금 올라가는 데 성공했지만 자전거 앞이 들려서 밀고 올라갈 수가 없었다. 올라가면 미끄러지고, 올라가면 또 미끄러지고. 나는 죽을힘을 내어 끌고 올라가고 또 끌고 올라갔지만 역부족이었다.

해서 자전거 따로 미숫가루 따로 끌고 올라가기로 했다. 그런데 미숫가루가 무겁다 보니 자전거에 싣지 않으면 안 되었다. 결국 다시 그걸 자전거에 매고 최대한 힘을 주고 조금씩 올라갔다. 나의 얼굴은 어느덧 벌겋게 익었고, 나의 온 팔은 상처가 났다. 그걸 거기 두고 오자니 또 안 될 것 같고, 주위 사람들한테 도움을 청하자니 개미 새끼 한 마리 보이지 않고…. 나는 나 혼자 고군분투하면서 억지로 그곳을 올라왔다. 자그마한 아이가 어디서 그런 힘을 발휘했는지! 지금 같으면 당장 그 포대기를 길에 버리고 왔겠지만 그 당시엔 그럴 수 없었다.

겨우 그 오르막을 오르고 자전거 페달을 밟으며, '아! 이제 살았구나!' 하면서 집으로 돌아왔다. 집에는 아무도 없었다. 농사일이 바쁘니 그랬겠지만 나는 너무 실망했다. 엄마는 어떻게 이런 걸 나에게 맡길까? 이해가 되지 않았다. 드디어 엄마에게 말할 기회가 생겼다. 엄마 도대체 저걸 어떻게 내가 가지고 올 거라 생각했냐고, 엄마는 나의 고생한 이야기를 듣고는 수고했다고 했다. 나는 참 서러웠지만, 엄마가 저리 말하니 힘든 게 조금 잊혔다. 우리 엄마는 아버지 때문에 더 큰 고생을 하고 있으니 어쩔 수 없다고 생각했다. 내가 고생한 결과 우리 식구는 푸짐하게 긴 시간 동안 간식 걱정은 하지 않고 잘살았다.

까막눈 할아버지 돌아가시다

우리 아버지도 야맹증이지만, 우리 할아버지도 야맹증이시다. 할아버지가 두 분 중 누구에게 유전되었는지 모르겠다.

할머니와 할아버지는 젊을 적 한집에서 살았지만 연세가 있을 때는 할아버지는 삼촌집에서, 할머니는 그냥 할머니 집에 있었다. 큰엄마, 큰 아버지, 사촌들과 함께 말이다. 야맹증은 젊을 때는 크게 사는 데 지장이 없다. 다만 밤에 잘 안 보이니 밤에만 활동 안 하면 된다. 그런데 나이를 자꾸 먹으면 눈이 낮에도 잘 안 보인다는 것이 문제다. 우리 할아버지가 그 병을 가지고 태어났으니 얼마나 살기가 힘들었을까?

할아버지는 재산이 상당했다. 안채를 가기 위해서는 대문을 3개나 지나야 했다. 부자가 되기 위해 남들보다 더 부지런해야 했을 것이며, 그것을 유지하고자 또 부단한 노력을 해야 했을 것이다. 할머니한테 돈이 들어가면 나올 줄을 몰랐다 한다. 그리고 할머니가 우리 집에 오셨을 때, 내가 걸레라도 빨려고 하면 걸레 닳는다고 살살 문지르라고 가르쳐 주셨다. 나는 생각에 살살 빨면, 시커먼 구정물이 안 빠질 텐데 하고 생각했다. 할머니는 볼일도 꼭 집에서 누라고 시켰다. 거름된다는 게 이유였다. 나는 논이나 밭에서 일하고 저녁이 되어 귀가할 때 아버지는 잘 안 보이니, 항상 작대기를 한 손은 아버지가 잡고 한 손은 내가 잡아 같이 끌고 왔다. 그리고 앞에 장애물이 있으면 앞에 돌 있다고 오른쪽으로 가시라고, 또 땅이 꺼지는 곳이 있으면 땅이 꺼졌으니 발을 낮게 걸으라고 하며 내가 눈 역할을 했다.

할아버지는 할머니가 눈 역할을 하셨다는 애길 들었다. 어느 달 밝은 가을밤, 할머니와 할아버지는 산 꼴짜기 오두막에서 참외를 지키고 있었다. 참외가 귀해서 도둑이 많았던 시절이었다. 할아버지는 할머니 무릎에 누워서 잠이 드셨고, 할머니는 참외밭에 노둑이라도 들까 봐 신경을 곤두세워 지키고 있었다. 그런데 갑자기 그 골짜기에 꽹과리 소리가 들리고, 흰옷 입은 사람들이 몰려왔다. 그런데 할머니 근처에 오면 사라지고, 또 가까이 오면 사라지고를 반복했다. 할머니는 도둑인 줄 알고 돌멩이를 마구 던졌다. "여기가 어디라고 오느냐! 함부로 오지 마라!" 하시면서 고함을 지르면서, 돌멩이를 여기저기로 던지니 그런 현상이 없어졌다고 한다. 할머니는 그들이 도둑인 줄 알고 그랬다는데, 도둑은 아니었다. 도깨비들이 사람을 홀리는 현상이라고 하셨다.

그렇게 할머니와 할아버지는 부를 이루고 살았지만 할아버지는 글자를 못 깨우쳐서 '아랫마을 김 씨, 윗마을 파란 대문 집' 이렇게 표시를 해 두고 돈을 빌려주셨다. 할아버지는 가끔 약주를 하셨다. 아랫마을로 내려가시면 융숭한 대접을 받곤 했다. 그렇지만 다들 할아버지 돈을 빌려 쓰고 있는 터라, 마음이 무거웠을 것이다. 채무 관계다 보니 순순하게 보이지는 않았을 터.

할아버지는 턱수염을 길렀는데, 그 당시엔 그것이 보통이었다. 키는 그리 크지 않으셨고, 얼굴은 약간 둥그스름한 편에 체격은 보통으로 그리 마른 체격은 아니었다. 그날도 할아버지는 약주를 얼큰하게 한 잔 하시고, 늦게 집으로 돌아오는 길이었다. 할아버지는 야맹증이므로 밤에는 아무것도 보이지 않았다. 그 밤중에 걸어서 30분 거리를 오려고 한 것이다. 가족이라면 그 길을 가려 할 때 반드시 가지 말라고 붙잡고, 다음 날 날이 밝으면 가라고 했을 텐데 그렇게 말리는 이 하나 없었다. 그날 밤 할아버지는 홀로 오시다가 못 뚝배기 낭떠러지에서 비명횡사했다. 왜 할아버지가 그 먼 길을 그 밤중에 오셨을까? 그날 어떻게 돌아가셨을까? 그날 무슨 일이 있었는지. 본인 혼자 실수로 돌아가셨는지, 아니면 타살로 돌아가셨는지, 그때도 지금도 모른다. 하지만 신은 아시리라.

할머니의 눈물

중학교 2학년 때의 일이다. 아침에 학교를 가려는데 엄마가 할아버지가 돌아가셨다고 했다. 우리 마을 큰 못뚝 밑 낭떠러지에 떨어졌단다. 어떤 마을 사람이 발견했다는데, 나는 처음 발견한 사람도 의심스러웠다.

우리 마을 못뚝은 가파르다. 비스듬히 못 쪽으로 경사가 져서 그곳을 지나가려면 미끄러질 것 같아, 산 쪽으로 꼭 붙어서 가고는 했다. 아무튼 그곳은 어떻게든 지나야 했다. 지나다닐 때마다 위험하고 늘 기분이 나빴는데, 할아버지가 그곳에서 떨어진 것이다. 나는 마음이 이상했다. 슬프기도 했지만 말 그대로 좀 이상한 기분이 들었다.

나는 그날 학교에 가지 않고, 큰 집으로 갔다. 5분도 안 되는 거리. 큰집에 들어가니 할머니가 약주를 한 냄새가 났다. 쇠죽 끓이는 가마솥 아궁이에는 불이 지펴지고 있었고, 할머니는 훌쩍훌쩍 우는 것 같았다. 나는 "할머니 우나요?" 하고 물었고, 할머니는 "내가 울긴 왜 우냐"고 하셨다. 나는 할머니 눈에서 눈물을 보았다.

평소 할아버지와 할머니는 그다지 사이가 안 좋았던 듯하다. 젊을 때는 사이가 좋았는데 연세를 드신 후로는 급격히 사이가 안 좋아진 걸로 안다. 그래서 할아버지는 작은아버지 집에서 머무셨다. 할아버지가 할머니한테 뭔가 잘못을 한 것 같았다. 할머니는 늘 할아버지에게 원망 섞인 말을 했다. 그런데 막상 돌아가시니 할머니는 울고 계신 것이다. 내가 보기엔 많이 슬퍼 보였다. 살아 계실 때는 원망을 해도 막상 돌아가시니 저래 슬퍼하시는구나. 부부란 처음엔 피도 섞이지 않은 남남이 모여 하나가 되어 살아가는 것이 아닌가! 서로 다른 환경과 다른 배움 속에서 자라서 서로 하나가 되려면 많은 노력이 필요한 법. 서로 양보하고 서로 보충해 주며 살아가야만 할 것이다.

요즘 시대는 서로 맞추지 않고 쉽게 헤어지는 추세다. 이게 갈수록 심해지고 있다. 그래서 독신으로 사는 문화가 퍼지고 있다. 할머니가 현시대에 태어났다면 어땠을지 궁금해진다. 할머니는 오랫동안 슬픔에 헤어나지 못하셨고, 사랑하는 막내딸 용자 고모 집에 가서서 뭔가 사건이 일어나는 바람에 그만 하늘나라로 가셨다.

할머니를 보면 참 슬프게 사신 분인 것 같다. 자기가 모은 많은 돈을 제대로 못 쓰시고, 그렇게 허무하게 가셨다. 본인에게 돈 1원이 생기면 그 돈이 나오는 걸 못 봤다고 아버지는 말씀하셨다. 어떻게 보면 한 많은 생을 사신 분이다.

올빼미

　내가 사는 동네는 산골짜기다. 초등학교에 가려면 10리를 가야 하고, 그래서 새벽밥을 해 먹고 가야 한다. 마을 입구에는 큰 저수지가 있다. 저수지를 한참 내려가면 아랫 첫 동네가 나온다. 우리는 첫 동네를 지나야만 장에도 학교에도 갈 수 있다. 그래서 그 동네를 지나가면 어느 집에 누가 사는지 다 알 수 있을 정도다.

　초등학교 5학년 때의 일이다. 학교를 마치고 먼 길을 따라 드디어 마지막 동네를 지나 집으로 가고 있는데, 뒤에서 갑자기 "올빼미" 하면서 고함을 질렀다. 나는 '어디서 소리가 나는 거지?' 하고 뒤를 돌아보니, 어떤 아저씨가 보였다. 나는 어리둥절

했다. '무슨 의미로 저러는 거지? 올빼미가 무슨 의미지?' 도대체 알 수가 없었다. 아저씨는 농사꾼 같은 허름한 옷에 키는 크고 지게는 등에 지고 지게 작대기를 들고 있었다. 이빨은 거의 다 빠져서, 앞니 빠진 갈가지 같았다. 좀 어수룩한 어설픈 모습, 약간 모자란 느낌의 아저씨였다. 나는 한참 "저 아저씨가 나한테 한 말인가?" 하고 생각했다. '왜 저 아저씨가 나한테 저런 말을 하는 거지? 왜 내가 저 아저씨한테 저런 말을 들어야 하는 거지?' 오만가지 생각이 떠올랐다. 마음이 언짢고 억울했다. '어른이 어떻게 꼬마인 나한테 저런 말도 안 되는 말을 하지? 정신이 나간 사람인가?' 경계까지 했다. 그렇다고 어른인 그 아저씨에게 대뜸 물어보기엔 용기가 없었다.

나는 빠른 걸음으로 그 마을을 지나 집으로 돌아왔다. 그리고 곰곰이 생각했다. 그런 말을 듣게 된 이유를.

올빼미란 새과의 짐승으로 밤에만 활동하는 맹금류에 속한다. 그럼 나를 그런 올빼미에 빗댄 것인가? 그렇지만 나는 밤에도 낮에도 잘 보인다. 아무 이상이 없는데 왜 저런 말을 들어야 하지? 설사 그렇더라도 저런 말을 하면 안 되지. 기본적으로 상식이 없는 아저씨가 아닌가? 정말 어처구니가 없었다.

어린 나이의 나는 많은 고민을 하고 마음에 상처를 받았다. 그러나 내 마음속 어딘가에 신경이 쓰이는 것이 있었다. 집에 가서 엄마에게 이야기했더니 엄마는 누가 그러더냐고 물었을 뿐 속 시원히 해결을 해 주진 않았다. 나중에 그 아저씨가 나한테 그런 소리를 한 이유는 우리 할아버지가, 또 나의 아버지가 야맹증이기 때문이었다. 그렇지만 올빼미는 낮에, 야맹증은 밤에 눈이 안 보인다. 정반대의 입장이 아닌가? 그런데 그 아저씨는 우리 집하고 무슨 원수를 졌나, 아님 돈을 많이 빌려 썼나? 나한테 왜 그런 말을 해서 나에게 평생 상처를 주는 건지.

그 후로 나는 그 아저씨가 내가 가는 길에 있는지 없는지 꼭 확인했다. 한참 후에야 그 아저씨가 눈에 띄었고, 나는 그 아저씨를 바라봤다. 또 올빼미라고 하는지. 만약 그러면 내가 반박하려고 했는데 그 아저씨는 그 후론 아무 말이 없었다. 나는 그 아저씨가 미웠다. 남의 약점을 들춰 내어 남의 가슴을 멍들게 하는 나쁜 아저씨. 당신은 절대 복을 받을 수 없으리라.

그 아저씨는 학교 같은 반 아이의 아버지다. 그리고 보니 그 아이도 약간 모자란 듯하다. 이젠 그 아저씨도 이 세상에 없으리라. 그런데 참, 사람 말 한마디가 얼마나 큰 여운을 남기는가! 별거 아닌 것 같지만 또 그 사람은 이 세상에 없지만 평생을 기

억 속에 남기지 않는가! 참, 사람이 여운을 남기려면 가급적 평

화로운 여운을 남기면 얼마나 좋을까!

이야기보따리 할머니

　몇 번 이야기했듯이 나의 친할머니는 한 동네에 살고 있었다. 우리 엄마가 같은 동네 사는 아버지에게 시집을 갔기 때문이다. 큰할머니 집과 우리 집은 5분 거리였기에 가끔 할머니가 우리 집에 놀러 오셨다. 국수도 같이 드시고, 저녁도 같이 드시고, 종종 오셔서 놀다 가셨다. 그리고 늘 나에게 재미있는 옛날 이야기를 들려주셨다. 할머니가 해 주는 이야기는 나의 무한한 상상력을, 환상의 나래를, 마음껏 펼칠 수 있게 했다. 너무너무 재미가 있었다. 어디서 그런 이야기를 알고 해 주는지! 나는 정말 그런 걸 보면 행운아였다.

　당시 우리 마을은 깡촌이라 동화책도 한 권 없었으며, 그런 걸 접할 수가 없었다. 그래서 이야기를 들을 수도 없었다. 그래서 나는 저녁이 되면 항상 할머니를 기다렸다. '오늘은 안 오시나? 와서 또 재미나는 이야기를 해 주시면 좋을 텐데.' 그러다 어쩌다 오시면 나는 옛날이야기를 들을 수 있다는 기대감에 흥분이 되었다. 할머니 이야기를 듣는 순간 나는 상상의 나래를 편다. "옛날 옛적 호랑이 담배 피우던 옛적에" 이러시면 나는 그 옛날 호랑이 담배 대를 물고 있던 곳으로 가 있다. 할머니는 녹두 할아버지와 토끼, 도깨비 이야기, 황새 이야기, 여우 이야기, 호랑이 은혜 갚은 이야기 등 많은 이야길 해 주셨다. 지금도 할머니가 이야기해 주신 이야기가 머릿속에 가득하다.

할머니는 내 삶에 큰 희망을 안겨 주신 분이다. 할머니가 이야기를 해 주시면 나는 마음껏 자유를 누릴 수 있었다. 그만큼 할머니는 내 마음의 지주가 되어 주셨다.

저녁에 오셔서 한참 놀다 가시던 할머니가 며칠 안 오신 적이 있다. 한참 만에 오신 할머니가 "순아, 할머니 완전 도깨비한테 홀렸다"고 말씀하셨다. 나는 깜짝 놀라서 물어보니, 할머니가 우리 집에서 놀다가 집으로 올라가고 있었는데 달이 휘황찬란하게 밝은 날에 집은 왼쪽에 있는데 자꾸 발이 오른쪽으로 가더라는 것이었다. 그래서 다시 왼쪽으로 가려는데 조금 가다 또 자기 마음대로 안 되고 또 오른쪽으로 가더라는 것이었다. 그때 할머니는 옛날에 들은 이야기가 생각나서 돌멩이를 아래위로 계속 던졌다고 하셨다. 그리고 집으로 향하니 그제야 똑바로 집으로 가지더라는 거였다. 나는 할머니의 말을 듣고 무섭기도 하고 신기하기도 했다. 그리고 할머니보고 조심하시라고 말씀드렸고, 혹시 또 그런 일이 있으면 나에게 말해 달라고 했다. 할머니 집에 가실 때는 내가 모셔다 드린다고도 했다. 할머니는 내 말을 들으시고 흐뭇해 하셨다.

그 후로 할머니가 우리 집에 놀러 오시면 일찍 가거나, 내가 할머니 집까지 모셔 드렸다. 지금도 할머니께서 나에게 들려주신, 나에게 하신 모든 이야기가 나는 고맙고 감사하다.

산나물 하러 가서 꿩알을 줍다

우리 동네는 산으로 둘러싸여 있어 산에 나는 나물, 약초, 버섯 등이 많다. 중학생 때의 일이다. 엄마가 산으로 나물을 하러 가자고 했다. 엄마는 논일 밭일이 너무 많아 산나물하러 가는 일은 흔치 않았다. 나는 별로 내키지 않았지만 호기심으로 꼴망태를 메고 엄마와 산으로 갔다. 당시 산불로 산에는 나무가 거의 없었다.

한참 산길을 따라 올라가니, 산에 고사리와 나물이 지천에 있었다. 고사리가 손 모양처럼 쏙 올라온 것이 너무 재밌었고, 고사리 꺾는 재미가 있었다. 엄마는 어릴 때 외할머니 따라 산나물을 하러 다녔다고 했다. 그때만 해도 온갖 산나물을 알았는데 지금은 많이 잊어버렸다면서 아쉬워하셨다. 산에는 손에 잡히는 것 모두가 나물이 되었다. 고사리를 꺾으면 "똑똑" 소리가 나는 게 듣기 좋았다. 고사리는 조금만 뜯어도 금방 한가득이어서 수확의 기쁨도 있었다.

한참 뜯고 있는데 엄마가 보이지 않았다. 산에는 조금만 멀어지면 안 보인다. 나는 "엄마엄마" 하고 불렀는데, 엄마는 바로 옆에 있었다. 우리는 독서 삼매경이 아니라 나물 삼매경에 빠진 것이다. 그때 내가 손을 뻗어 고사리를 꺾으려는 순간 앞에서 꿩이 푸드득 날아가는 것이 아닌가! 갑작스럽게 등장한 꿩이 날개를 치며 푸드득 날아가니 나는 깜짝 놀라서 "엄마야" 했다. 엄마는 보시고 "순아, 거기 함 살펴봐라. 꿩알이 있는지" 하셨다. 나는 엄마 말을 듣고, 긴가민가하면서 풀숲을 조심스레 살폈는데, "아!" 나는 탄성을 지르지 않을 수 없었다. 나의 발 아래 하얀 동그랗고 뽀얀 꿩알 9개가 탐스럽게 소담스럽게 모여 있는 것이 아닌가! 나는 "엄마, 꿩알이 있어요!" 하고 소리 질렀다. 엄마는 그걸 소쿠리에 담아서 가져가자고 했다. 나는 꿩이 이제껏 그걸 품고 있었다고 생각하니 꿩한테 미안한 마음이 들어서 그냥 두고 가자고 했는데 엄마는 "아니다, 그건 약 된다" 하시면서 "꿩알을 줍는 것은 재수가 좋은 거다" 하시면서 가져가자 하셨다. 나는 꿩한테 정말 미안했지만 알을 가지고 내려갔다.

엄마는 가마솥 밥 위에 꿩알을 쪄서 주셨다. 나는 엄마에게 그걸 어떻게 먹냐며 화를 냈지만, 막상 먹으니 그렇게 고소하고 담백할 수가 없었다. 달걀과 비교가 되지 않았다.

우리는 그날 꿩알을 맛있게 먹었고 참 감사하게 생각했다. 그리고 알 껍질을 실에 꿰어 처마 밑에 매달아 놓았다. 알은 달걀과는 모양이 다르게 생겼다. 약간 둥근 달처럼 생겼는데 너무 뽀얀 하얀색이다. 심신이 안정되는 느낌이랄까? 그런 재수 좋은 걸 주신, 신께 감사했다.

찐쌀을 가져가다

초등학교 1학년, 처음 학교라는 곳을 경험했다. 큰 운동장과 많은 아이 그리고 더 넓은 세계로 나아가기 위한 배움의 터전. 한편으로는 아침에 일찍 일어나서 깨끗이 준비해서 가야 되는 곳. 나는 그곳에서 나의 사회 출발을 도와줄 선생님을 만났다. 다만 나는 인복이 없었고, 인격이 제대로 갖춰지지 않은 신출내기 새내기 선생님을 만나 마음고생을 엄청 많이 해야 했다. 나는 그때(80년대) 초등학교에 들어가기 전에 한글과 수학도 깨쳤다. 당시 나처럼 한글과 수학을 이미 알던 애는 한 명도 없었다. 요즘은 누구나 알고 넘치도록 배운 상태에서 가지만 그때는 그렇지 않았다. 나는 그야말로 톱을 달린 것이다. 그런데 내 인생의 첫 선생님을 잘못 만났다.

그 선생님은 20대 후반의 미혼이었고, 우리 학교가 촌이라 어느 한 집에서 자취를 하고 있었다. 내 생각은 그렇다. 아이가 무엇을 잘한다면 선생님은 그것을 계발하거나 잘 나아갈 수 있도록 도와주어야 한다. 그런데 그 선생님은 나의 길을 망쳤다. 본인이 머무는 집의, 공부도 지지리 못하는 애를 도와 반장을 시킨 것이다. 어린 내가 보기엔 너무 사람을 편애했다. 내가 발표하고자 손을 들어도 시켜 주지 않았고, 오히려 내게는 혹독한 매를 대기 일쑤였다. 나는 손가락이 부어오르도록 맞았다. 손가락만 한 막대기로 받아쓰기 1개 틀리면 책상에 손을 올리게 하고, 그 막대기로 손가락 마디를 때렸다. 얼마나 아픈지! 나는 이렇게 생각했다. '이렇게 공부도 잘하는데. 왜 이렇게 맞아야 하지? 내가 뭘 잘못했지? 내가 비록 아버지에게 너무 억눌림을 받아 말을 잘 못하기는 하나, 부끄럼도 많이 타기는 하나, 그렇다고 그렇지, 내가 왜 저 선생님에게 미움을 받아야 하지.' 나는 그 선생님이 너무 미웠다. 해서 공부도, 숙제도 하지 않았고, 책만 보면 선생님이 떠올라서 멀리했다. 그렇게 로봇처럼 학교만 오갔다.

요즘 같으면 검정고시를 쳤겠지만 그때는 학교 안 가면 죽는 줄 알았다. 안 가면 아버지한테 맞아 죽는 줄 알았다. 주위 사람들, 특히 아버지 때문에 학교 가는 로봇이 된 것이다. 학교가 너무 멀어 부모들은 학교에 올 수 없었다. 이따금 장에 오가는 길에 학교를 들르긴 했다. 나는 기본적으로 공부를 했기에 부모님이 오면 그 선생님은 성적표를 보여 줬다. 그런데 그게 뭐가 중요한가? 적어도 학부모가 학교에 오면 아이의 생활하는 패턴을 이야기해 주고, 애가 어떤 방향으로 가야 할지를 의논해야 하지 않은가? 그냥 좋은 성적만 슬쩍 보여 주니 내가 학교생활을 잘하는 줄 알고 부모님은 흐뭇해 하면서 집으로 돌아가셨다. 나는 억울했다. 나의 학교생활은 지옥이었는데, 선생님은 나를 본 인 반 아이 취급도 안 한다는 사실을 우리 부모는 몰랐다. 나는 태어날 때부터 억눌림을 당해 아무 말도 못했다. 그런 세월을 근 20년을 살아왔다. 학교 가도 재미없고 가기가 너무 싫었다. 그렇지만 어김없이 가야 하는 학교를 그렇게 초등 6년, 중학교 3년, 고등학교 3년, 총 12년간 다녔다. 그동안 나는 내가 아니라 로봇이었다. 영혼 없이 학교만 오가는 로봇.

하루는 엄마가 찐쌀(버를 베어서 기미솥에 쪄서 말려서 탈곡한, 밥으로 안 해 먹어도 그냥 먹을 수 있는 상태)을 엄마가 실로 한 땀 한 땀 꿰매어 만든 베로 만든 주머니에 많이 담아 담임 선생님에게 갖다 주라고 했다. 나는 이 무거운 것을 보기 싫은 선생님을 갖다주기 싫었지만, 엄마는 한사코 가져다주라며 나한테 맡겼다. 나는 억지로 그것을 들고 학교로 갔다. 다만 선생님에게 줄 용기가 없어서 책상에 넣어두고, 쉬는 시간마다 한 줌씩 내 입으로 가져 갔다. 그것을 눈치챈 선생님이 나에게 물었고, 나는 무서워 울음을 터트리며 자초지종을 이야기했다. 그리고 그 선생님은 그 많은 찐쌀을 가져갔다. 나는 내가 먹은 찐쌀 때문에 혼이 날 줄 알았는데 무사히 넘어갔다는 안도감에 다행이라고 생각했다. 당시는 촌지가 많이 유행했고, 치맛바람이 유난했던 아줌마도 있었고, 그로 인해 그 덕을 본 아이도 많았다. 우리 엄마는 촌에서 아무것도 모르고 그 찐쌀을 내게 맡겨 선생님에게 보내게 한 것이 유일한 촌지인 셈이다.

Part. 4

그래도 살 만한 세상

나의 정체성을 찾다

고등학교를 입학했다. 왕따를 당하는 와중에도 근근이 버
텨서 드디어 고등학교를 간 것이다. 고등학교에 가니, 저학년
때보다는 좀 더 넓은 세계가 다가왔고, 나도 어느 정도 나의 활
달한 성격을 찾을 수가 있었다. 말도 잘하는 애로 변했고, 친구
들도 많이 사귀면서 마음 맞는 아이들도 많이 생겼다. 원래 공
부는 뒷전이라 관심이 없었지만, 나름 열심히 했다. 수학은 기
초를 놓쳐 따라가지 못했지만, 암기 과목은 자신이 있었다. 학
교생활도 너무 재미있있다.

나는 고등학교 때부터 자취를 했다. 집에서 다니긴 너무 멀
었다. 혼자서 밥도 반찬도 해 먹으며 근 3년을 자취한 셈이다.

앞서 말했듯이 학교생활은 고등학교 때가 제일 재밌었는데, 나의 밝은 성격을 찾을 수 있었을 뿐더러 애들과 어울려 다니는 것도 너무 재밌었고, 타자학원, 주산 학원에 다니는 것도 좋았다. 나는 여전히 키가 작아서 항상 앞에 앉았다. 그리고 모범 학생이었다. 선생님이 죽으라 하면 죽는 시늉도 했을 것이다.

키가 큰 아이들은 미팅도 하고 남자 친구도 사귀었다. 요즘은 그것이 전혀 이상하지 않지만 당시에는 비행 청소년처럼 여겨져 선생님들이 많이 단속했던 기억이 있다. 음악다방이나 빵집을 가려면 몰래 가야 했다. 그때는 그런 놀이 문화를 많이 단속했다. 그래서 나는 그런 데를 한 번도 가지 않았다. 특이점이라면 그런 데를 많이 가 보고 남자 친구도 많이 사귀어 본 아이들이 시집을 더 잘 갔다. 남자에 대해서도 어느 정도 알아야지 잘 고를 수 있는 것이다. 아무것도 모르면, 나쁜 사람과 엮이기 쉬우니까. 요즘은 인터넷이나 여러 매체를 통해 알아볼 수 있지만, 그때는 그럴 수 없었다.

학교생활은 즐거웠지만 여전히 학교 가는 건 기쁘지 않았다. 늘 매여 있는 틀에 박힌 생활이 나는 정말 지겨웠다. 고등학교 시절에 내 친한 친구들, 천진한 순수한 여고생들, 그때는 아무것도 모르고 때가 묻지 않은 애들. 그런데 결혼과 동시에 애들이 많이 변했다. 지금은 모두 결혼을 하고 가정을 이루고 있겠지. 가정이 생기면 또 거기에 맞춰야 하니 많이 변하긴 할 것이다.

가정을 가진 친구들은 완전 찌든 아줌마가 되어 있었다. 그래서 그 순수했던 여고 시절로 돌아가고 싶다는 생각이 든다. 함께 웃고 재잘거리던 우리 여고 친구들. 지금도 그 시절이 그립고, 그 밝았던 친구들이 보고 싶다.

공주님

　나와 가장 친했던 친구 중에 '이공주'라는 이름을 가진 애가 있다. 얼굴이 귀엽고 주근깨가 많이 있었는데, 그 모습이 꽤 귀여웠다. 그런데 공주는 주근깨를 콤플렉스로 여겼다는 걸 나중에야 알게 되었다. 공주는 얼굴 피부가 깨끗한 편이었던 나를 부러워했던 것 같다. 수학여행 때 여관에서 자고 있는데 공주가 내가 잠든 사이 하얀 치약을 내 얼굴에 온통 발라 놓았다. 나는 얼굴이 너무 따가워서 일어났고, 공주에게 화를 냈는데 공주는 장난이라고 했다. 수학여행 중 각종 이벤트가 있었는데 그중 하나였다. 나의 얼굴은 오랫동안 아리고 쓰라렸다.

　아무튼 그 친구와 제일 친했다. 그 친구는 자기 집에 초대를 해서 감자도 삶아 주었고, 공부도 잘해서 모르는 문제가 있으면 가르쳐 줬다. 성격도 좋았다. 생긋생긋 예쁘게 잘 웃었다. 나는 친구들 중에 걔가 제일 마음에 들었고, "니는 공주니 나는 왕자 할게" 하면서 잘 어울렸다.

졸업 후 나는 대구로, 공주는 고향 공장에 경리로 취업했다. 그 공장에 경리로 일을 하면서 남자 친구를 사귀었는데, 공주의 남자 친구는 우리 마을 밑 동네에 사는 선배로 먼 친척뻘 되는 사람이었다. 나의 이상형은 1순위로 키가 커야 했지만, 공주의 남자 친구는 키가 작았다. 공주에게 키는 그렇게 문제가 안 되었는지, 그 선배를 배우자로 삼았다. 반면 나는 키를 중요시했기에 키가 큰 남자를 배우자로 삼았다.

살아보니 키는 중요하지 않더라. 부수적으로 키를 봐야 한다는 걸 뒤늦게 깨달았다. 일단 마음이 중요하고, 남자나 여자나 생활력이 있어야 했다. 그리고 서로 존중해 주는 게 중요하다. 같이 살다 보면 너무 가까우니, 서로 만만하게 보면 서로를 무시하는 경향이 있다. 그런 건 절대 금물이다. 방관하면 가정이 흔들리고 위험해신다.

지금도 공주는 잘살고 있다. 그리고 배우자의 생활력도 아주 강했다. 벌써 우리 나이 60을 바라본다. 이제는 공주도 나도 더는 천진난만하지 않다. 세월은 흘러 반년의 인생을 넘어가고 있다. 이제 남은 인생을 열심히 살아가야 할 것이다. 어느덧 우리는 흰머리가 많이 나고 얼굴엔 주름이 자꾸 늘어나고 있다. 삶이 순식간에 흘러간 것 같다. 한 시간 하루는 느린 것 같은데, 한 달 일 년은 너무 잘 가는 것 같다. 나는 60인 어른이다. 그런데 마음은 아직도 천진난만한 소녀 같다. 몸은 나이를 먹지만 마음은 나이를 먹지 않는다. 모든 사람이 그럴 것이다. 나의 친구 공주도 나이를 먹어 나와 같이 할머니가 되어 가는 느낌이다. 인생은 참 짧다는 생각이 든다. 이 세상에 태어나서 다른 누군가를 알게 된다는 것은 좋은 것이다. 내 인생에 공주를 알고 같이 사연을 쌓아 간 것이 나는 참 좋다. 다른 사람도 많지만 그중 공주는 고등학교 시절 꽃다운 나이에 만난 절친이다. 고맙다 친구야, 사랑해!

나를 짝사랑한 애

우리 마을은 산골짜기에서 첫 동네라 아랫동네로 내려가야 학교를 갈 수 있다. 우리 마을 밑에 동네로 쭉 내려가다 보면 동네 크기도 커지고 사람도 많아진다.

내가 중학교 때 마을에 버스가 들어왔다. 우리 마을에서 30분쯤 내려오면 버스를 탈 수 있었다. 나는 교통수단이 자전거라 버스를 몇 번 타지 않았다. 중학교 3년 내내 자전거를 이용했다.

내가 버스를 타고 다니기 시작한 건 고등학교 진학 이후로 자취를 하던 때다. 하루는 주말이 되어 집으로 버스를 타고 가고 있었다. 마을버스를 타면 밑의 동네 동기생들을 볼 수 있었다. 나는 6일을 학교 가고 일요일은 쉬기 위해 토요일 수업을 마치고 버스를 탔다. 버스 안은 늘 만원이었고, 탄 사람들은 서로 말은 안 했지만 모두 안면이 있었다. 계절은 여름이어서 버스 안이 조금 더웠다. 나는 이름은 모르지만 후배쯤 되는 애한테 버스 창문 좀 열어 달라고 했다. 이에 후배가 문을 열었고, 바람이 많이 들어와서 다시 문을 닫아야 했다. 문은 내가 닫았다. 그때 알았다. 동기생 중 한 명이 나에게 관심 있어 한다는 것을. 나는 별로 마음에 두지 않았다.

초등학생 때 걔 아버지가 이발관을 하셔서 한 번 머리 자르러 간 적이 있다. 그때 한 번 봤다. 그 후로 나는 잊어버렸는데, 걔는 무슨 생각인지 여자 동기생에게 소식을 전하면서 자꾸 관심을 표했다. 나는 별로 마음에 없다고 했다. 나는 중학교 때 명화극장, 토요명화 이런 걸 많이 봐서 웬만한 사람은 마음에 두지 않았다. 게다가 아버지한테 너무 억눌려져서 남자 기피증 비슷한 것이 있었다.

나는 학교를 마치고 사회생활을 하던 중 잠시 일을 쉴 겸 집에 내려왔다. 그때 걔 아버지가 멀리 우리 마을에 오셨다. 나는 그냥 우리 마을에 볼일이 있어 왔나 보다 생각했는데, 그 아버지가 나에게 아들이 아프다고, 병원에 있다면서 "한 번 가 보지 않을래?" 하고 말씀하셨다. 나는 순간 '이게 뭐지?' 하고 생각했다.

그리고 그때는 이미 다른 사람과 알고 지내던 터라 갈 수가 없었다.

한참 후에 그 남자는 사고가 크게 나서 병원에 있다가 하늘나라로 갔다는 소식이 들려왔다. 세상에 태어나서 꽃도 제대로 한 번 펴 보지 못하고 어린 나이에 죽음을 맞이한 것이다. 참 인생이 덧없고 허무한 것 같았다.

사람은 누구나 힘들 때가 있고, 좀 지나면 수월하게 지나가기도 한다. 그렇다고 자기 비관을 하고 세상을 원망하면서 삶을 막 살면 그 누가 도와주겠는가? 대부분이 그런 삶을 살고 있다고 본다. 그래도 모두 살아가고 있지 않는가! 자기 명이 다하는 그날까지 열심히 살아야지 않겠는가? 그래서 나도 주어진 삶을 살아가고 있다. 하늘이 부르는 그날까지….

자취 생활

나는 고등학교 시절 자취 생활을 했다. 학교 주변에 방을 얻어서 살림을 하면서 학교를 갔다. 처음엔 혼자서 할 수 없어 선배 언니랑 같이 살았다. 그 언니는 여러 가지 코치를 해 줘서 수월하게 자취 생활을 할 수 있었다. 학교에 갔다가 또 학원을 갔다가, 많이 바쁘게 살았다. 방학에는 시간이 많았다. 학교를 안 가고 학원만 가니, 방학 때는 친구랑 같이 밥도 해 먹고 학원도 같이 가고 참 재미있었다.

남매 중 첫째인 나는 바로 밑의 남동생이 고등학교를 간 해에 대구에서 영천까지 통학하면서 자취 생활을 했다. 동생 밥도 해 주고 도시락도 싸주고 하니 얼마나 바쁘던지! 그런데 동생은 반찬 도시락이 마음에 들지 않는다고 했다. 다른 애들은 햄, 소시지 같은 것을 싸 오는데 동생은 쥐포 같은 걸 자꾸 싸 가니 동생은 애들과 같이 밥을 먹을 수 없다고 했다. 사실은 요즘이야 소시지, 햄이 몸에 안 좋다고 하지만 당시엔 그런 음식들이 인기가 있었다. 당시 나는 그런 반찬을 싸 주기에는 용돈이 모자랐다. 그래서 어쩔 수 없이 같은 반찬을 싸 줄 수밖에 없었다. 동생은 나중에 도시락을 싸 가는 대신 학교 가서 사 먹겠다고 했다.

나는 무척 바빴다. 학교 갔다 와서 동생 옷도 빨아야 하고, 반찬도 해야 했다. 내 생활은 거의 없었다. 밥도 거의 못 먹을 지경이었다. 나는 늘 직행버스를 타야 했는데, 하루는 변태 아저씨가 내 옆에 앉아 내 다리를 스치듯 만지려고 했다. 그때는 변태가 무엇인지도 몰랐고, 그런 게 있는지도 몰랐다. 나는 무서워서, 혹 나중에 보복할까 봐 자리에서 일어나 다른 데로 옮겨서 앉았다. 그날은 정말 무서웠다. 다시는 그 아저씨를 보지 않기를 바랐다.

동생 뒷바라지는 2년 정도 해 줬다. 마지막 학년은 동생이 혼자서 했다. 참 그때는 어떻게 그런 생활을 했는지 모르겠다. 지금 또 하라면 못할 것 같다. 나 혼자도 버거운데 동생까지 해 준다는 건 너무 힘든 것이다. 나는 맏이로 태어나서 희생을 많이 한 것 같다. 그때는 그런 생각을 못했는데 동생을 위해서 많은 희생을 한 것 같다. 어릴 때는 동생을 업고 엄마가 계신 논이고 밭이고 젖을 먹이러 갔고, 동생들 5명을 내가 돌보지 않으면 안 되었다. 언니나 오빠라도 있었으면 덜 힘들었을 텐데! 그렇지만 그런 날도 다 갔다. 이제는 내 나이 60을 바라본다. 인생 참 많이 살았다는 느낌이다. 그 어린 세월을 거치며 벌써 흰머리가 올라온다. '나도 이제 할머니가 되는구나!' 실감하게 된다.

나는 왕따였지만 친구가 많았다

나는 늘 혼자였다. 마음 맞는 친구도 없고, 나를 살갑게 대해 주는 선생도 없었다. 그렇다고 언니나 오빠도 없었다. 다만 나에게는 너무나 소중한 친구가 있었다. 나의 마음에 쏙 드는 친구였다. 늘 나를 위로하고 용기를 주는 친구, 나의 마음에 늘 희망을 주는 친구였다.

먼저 그 친구는 아버지에게 다친 마음을 녹여 줬다. 친구가 왕따를 시키면 나를 꼭 안아 줬다. 늘 나를 혼자 두지 않고 가까이 있어 줬다. 나를 성장시켜 주고 내 정신을 무장시켜 줬다. 나에게 용기를 주어 씩씩하게 만들어 줬다. 그 모든 것을 해 준 건 책이었다. 나의 친구 책이었다.

그때는 친구가 책인지도 몰랐다. 커서 어른이 되어서 알게 되었다. 책은 나에게 너무 많은 즐거움을 줬다. 한 권의 책을 접할 때면 과연 이 책 속에 무슨 이야기가 쓰여 있을지 마음이 설렜다. 동화책을 읽을 때면 나는 동화 속의 주인공이 된다. 숲속의 공주를 읽으면 나는 숲속의 공주가 되어 날아다닌다. 그리고 숲속에서 왕자도 만난다. 온갖 꿈을 다 꿀 수 있다. 책을 읽을 때면 나는 날아다닌다. 무한한 세계를 접할 수 있다. 나는 사람에게 빠지지 않고 책에 빠진다. 너무 신나고 재밌다. 책은 나를 배신하지 않는다. 늘 정직하다. 나의 마음에 꿈을 심어 주고, 상상의 나래를 펴게 해 준다. 평화와 위안을 준다. 그래서 나는 늘 책을 읽었다.

엄마에게 공책 산다고 거짓말까지 하고 책을 사서 읽었다. 온 마을을 돌아다니며 책을 찾아내어 다 읽었다. 내 동기생들은 나보고 무엇하느냐고 묻는다. 하루 종일 얼굴 보기 어렵다고들 한다. 나는 그들에게 딱히 하는 일 없이 그냥저냥 있었다고 얼버무린다. 책 보는 걸 대수롭지 않게 생각한 나로서는 책 읽는 거 말고는 한 게 없다. 책은 나를 용감한 여전사도 만들어 주고 너무 예쁜 공주님으로도 만들어 줬다. 그래서 감정이 풍부한 청소년으로 어른으로 성장시켜 줬다. 내 인생에 없어서는 안 될 존재였다.

　　지금은 놀이 문화가 발달되어서 책을 소중히 여기는 풍습이 아니지만, 그때는 책 말고는 가지고 놀 게 없었다. 줄넘기, 고무줄놀이, 이런 것밖에 없어서, 책을 많이 접하는 시기였다. 학교에서 책을 한 권 빌리면 나는 책을 읽으며 집으로 갔다. 그 책을 다 읽을 때쯤 집에 도착한다. 우리 집에는 책이 너무 많았다. 그래서 아는 언니도 나에게 책을 빌려 가고는 했다. 나는 그 언니보다 더 빨리 많이 읽었다. 학교에서 돌아오는 길에 후배 동생을 만나면 내가 읽은 책 이야기를 집으로 돌아오는 내내 들려주고는 했다. 동네 아이들이 내 이야기가 재미있었는지 내 옆에 바짝 붙어 얘길 듣고는 했다. '나는 커서 이야기하는 사람이 될까?'도 생각했다. 책은 내 마음을 다스려 줬고, 왕따도 안 시키고, 나와 늘 함께해 줬다. 내가 슬플 때도 나를 달래 줬다. 어릴 때부터 어른이 되기까지 책은 나의 영원한 친구였다. 지금은 사람 친구도 많지만 여전히 나는 영원한 친구 책을 사랑할 것이다.

100대 1로 싸우다

　나에게는 두 남매가 있다. 그들이 초등학교쯤, 나는 회사에 들어가서 일하게 되었다. 아저씨가 일을 안 하고 있어서, 내가 일을 해야 했다. 그 회사는 자동차 부품회사로 나는 제품을 조립하는 일과 불량이 있으면 가려내는 일을 했다. 사원이 많았고, 그중 대부분은 아줌마였다.

　회사는 한 번 들어가면 3개월, 3년은 버텨내야 제대로 일을 했다고 할 수 있다. 어디 가도 텃세가 다 있다. 없는 데는 거의 없을 것이다. 각자 다른 환경에서 온 사람들이기에 모두 마음을 맞추려면 처음엔 부딪치기 마련이다. 일은 너무 힘들었다. 하루 종일 서서 하루에 몇 백 개를 맞추어야 하기에 힘들고, 거기는 일요일에도 제대로 쉬지 못했다. 아줌마들도 끼리끼리 어울렸고 주로 같은 파트끼리 어울렸다.

　나는 3년 후 쉬었다가 재입사했다. 이때는 아는 사람을 통해 들어갔다. 원래는 일했던 회사를 다시 들어간다는 것은 규정상 없는 판례로, 들어가려면 지인을 통해 들어갈 수밖에 없는 상황이었다. 나는 지인을 통해 들어가기 위해 맨손으로는 부탁을 못하기에 술을 하나 구입해서 건넸다. 나는 순순히 술 한 병 사 주었는데 이상한 소문이 회사에 퍼졌다. 지인과 내가 바람이 났다는 것이었다. 그 지인이 다른 사람들에게 추근대는 것은 알았지만 순수한 나를 엮어 바람이 났다는 둥 이상한 소문이 낸 것이다. 나는 처음엔 몰랐다가 한참 소문이 온 공장에 퍼지고 나서야 알게 되었다. 그 공장은 꽤 컸다. 성형반, 사출반, 조립반, 기타 등등 사람이 수백 명은 된다. 그런데 이상한 소문이 퍼져 내가 완전 사람들에게 따돌림을 당하는 상황이었다. 나는 결백했지만 사람들은 이상하게 나를 바라보았다.

　심지어는 다른 파트에서 일하는 아줌마가 니하고 잠깐 박스포장을 하게 되었는데, 박스가 무거워 같이 들어서 장소에 같이 놓을 수 있었는데 그 아줌마는 고의로 내가 놓기도 전에 확 놓아서 내가 손가락을 박스 사이에 끼이는 사고까지 일어났다.

분명히 고의였다. 그런데 이 사실은 나만 알고 있었다. 그렇게 나는 많은 사람과 마음으로 싸웠다. 그들은 수군대며 나를 나쁜 사람으로 매도했고, 나는 그 속에서 버텼다. 그런 세월을 2년 정도 보냈고, 세월이 가면 꼬리가 길면 밟힌다고 지인은 다른 사람과 바람이 나 있었다. 나는 근 2년을 많은 사람의 괄시 속에 버티고 싸워야 했으며 마음고생이 심했다.

사람들의 오해는 피를 말리는 그 이상의 고통이었다. 그리고 멀쩡한 사람 바보 만드는 것이었다. 나는 어릴 때부터 왕따였는데 어른이 되어서도 왕따를 당한 것이다. 그렇지만 세월이 가니 진실도 밝혀지고, 나는 다시 착한 사람으로 인정받았다. 만약 어떤 사람이 이상한 소문에 휘말렸어도 눈으로 보지 않고 귀로 직접 듣지 않고는 절대 판단하면 안 된다. 다른 사람들의 카더라 통신을 통해 다른 사람들과 같이 그 사람을 오해하고 같이 돌팔매를 던진다면 어리석다 할 수 있다. 그는 모르고 죄를 짓는 격이다. 그러니 반드시 확실한 것을 알고 모든 일을 해야 한다.

나는 그 회사에서 근 10년을 일했고, 그 후에 퇴사했다. 사람 많은 곳에 가면 온갖 일이 일어난다. 정말 이상한 일들이 생

긴다. 사람이 살아가려면 정말 고행을 해야 한다. 도를 닦지 않
아도 고행이다. 비가 오면 땅이 더 굳어지듯이 나는 그런 일을
겪고 한층 세상 살아가는 것이 수월해졌다.

마음 세우기

　사람은 누구나 왕따를 당한다. 크기의 차이만 있을 뿐이다. 그래서 아는 사람도 있고, 모르고 지나가는 사람도 있다. 왕따를 시키는 사람도 있고 왕따를 당하는 사람도 있다. 티내어 왕따시키는 사람도 있지만, 자기도 모르게 다른 사람을 왕따시킬 때도 있다. 그런데 그런 건 아무것도 아니다. 세월이 지나면, 시간이 지나면 그리고 아무리 왕따당한다고 해도 거기에 응하지 않고 본인의 일을 계속하면 모든 게 해결된다. 해결되지 않는 일은 없다. 자기가 약해서 다른 사람을 왕따시키는 경우가 많다. 스스로 강하면 절대 왕따시키지 않는다.

　물론 스스로 왕따당하는 경우가 있다. 발표를 잘 못하고, 용기가 없어 잘 나서지를 못하는 사람, 이런 사람들한테 생각이 나뻔 자들이 둘러싸며 왕따를 시킬 수가 있다. 나는 약한 사람들을 많이 응원해 줬다. 일을 잘 못하면 도와주면서 같이 일을 해 나갔다. 어떤 이는 강자 앞에서는 납작 엎드리고, 약자는 밟으려 한다. 어떤 이는 약자를 돕고, 강자한테는 약자들의 편을 들어 약자들이 하지 못하는 일들을 도와준다.

사람이 출세하려면 3가지가 있어야 한다고 한다. 아부를 잘해야 하고, 애교가 있어야 하고, 눈치가 있어야 한다고 했다. 근데 나는 이 세 가지를 다 못하는 것 같다. 그런데 세 가지 중 눈치가 있어야 한다는 것만은 정말 공감이 된다. 나도 이제 연륜이 있다 보니 어느 정도 사회를 살아가면서 눈치가 조금 빨라지는 것 같다. 상대방이 척하면 착은 못해도 어느 정도는 따라갈 수 있다. 못 따라가면 상대와 일을 못하기 때문이다. 그러니 경력이 중요한 게 이를 두고 한 말이다. 어느 정도 일을 해 봤으면 그 분야는 잘 아니, 상대가 같이 일을 하면 빠르게 발 맞춰 일이 진행되기 때문인 것이다.

60을 바라보니 없는 눈치도 생기고, 사회 물정을 좀 아니 세상 살아가는 데는 아무 지장이 없다. 반대로 말하면 60이 되기까지 많은 여정을 겪으며, 슬플 때 기쁠 때 힘들 때 여러 일을 겪었다. 힘들어도 내 삶을 포기하지 않은 결과 모든 것이 수월하게 돌아가는 것 같다. 마음의 여유도 많이 생긴다. 그래서 주위를 많이 둘러본다. 혹 나와 같은 사람이 없는지, 혹 어려운 경우를 당하고 있지는 않은지.

나는 동물을 많이 좋아한다. 동물처럼 약한 존재가 없다. 야생동물이 아니고서는 혼자 살아갈 수 없다. 요즘은 살기 어려워졌다고 많은 동물들을 유기한다. 처음부터 야생이었으면 스스로 살아갈 수 있을 터인데 사람들의 손에 키워졌다가 세상 밖으로 버려지니 그들은 살아갈 수가 없다. 그들에게는 하늘이 무너진 것이다. 사람들은 하늘이 무너져도 솟아날 구멍은 있다. 그런데 동물은 그게 안 된다. 완전히 무너져 헤어날 수 없기에, 그래서 동물들은 잘 돌봐 주어야 한다. 동물이 제일 불쌍하다. 사람은 추우면 안 추운 데로 찾아 들어가고, 배고프면 얻어먹고 사 먹기라도 하지만 동물들은 굶을 수밖에 없다. 추위에 덜덜 떨어야 한다. 그래서 동물들이 제일 불쌍하다는 생각이 든다.

애완동물을 키우면서 사람들은 많은 위로를 받는다. 동물들은 충성 그 자체이기 때문이다. 절대 배신하지 않는다. 동물들은 주인에게 진심으로 대한다. 주인이 아무리 성을 내도 늘 꼬리를 흔들며 반긴다. 조금의 보살핌으로 동물들에게 얻는 게 너무 많다. 물론 동물을 안 좋아하는 사람도 많다. 나는 어릴 때부터 동물과 꽃도 좋아했다. 불쌍한 것은 그냥 지나치지 못한다. 나는 성격이 모질지가 못하다. 마음이 좀 여린 편이다. 감수성도 풍부하다. 눈물도 많은 편이다.

나는 내 성격이 마음에 든다. 어릴 때는 남들이 뭐라고 하면 그에 많이 휘둘렸다. 그래서 마음이 많이 슬펐고 상처도 많이 받았다. 그렇지만 나는 이제 마음도 강해졌고 사회 경험도 풍부해져, 누가 뭐라고 해도 절대 무너지지 않는다. 그래서 다방면으로 사람들과 친하다. 나를 아는 사람들은 나를 잘 따르고 나를 좋아한다. 나도 그들을 좋아한다. 서로 신뢰가 쌓이니 더 좋아한다. 어릴 때는 외톨이고 왕따를 당했지만, 이제는 그렇지 않다. 나가면 모두 친구다. 나의 마음이 커지니 모두를 안을 수 있는 포용력이 생겼다. 60이 다 되어서야 성인이 된 기분이다.

지금도 많은 이들이 힘들고, 외롭게 또는 많은 괴롭힘을 당하고 있는 걸로 안다. 나는 그들이 그 괴로움을 벗어나기를 바란다. 그들에게 용기를 주고 싶다. 그리고 힘을 합쳐 어려움을 극복할 수 있게 도와주고 싶다. 나의 경력을 그들에게 전수하고 싶다. 내가 살아가는 동안, 나는 작고 힘든 자를 위해 힘을 보태고 싶다. 나는 혼자 모든 걸 감당하며 스스로 살아왔지만, 그들에게는 나를 포함한 주위의 모든 사람이 도움이 될 수 있다. 그

리고 끝까지 삶을 포기하지만 않으면 정말 따뜻하고 행복한 날

들이 어느샌가 펼쳐진다는 것을 알려 주고 싶다.

새벽을 깨우다

　나는 어릴 때 늘 아침 일찍 일어났다. 먼저 일어나서 엄마를 깨워 밥을 해 달라고 졸랐다. 그리고 나는 먼동이 트기 전에 산등성이에 있는 우리 밭 뚝 언저리에 있는 밤나무 밑으로 가서 알밤을 주웠다. 동그랗고 반질반질 윤이 나는 갈색 알밤을 줍는 재미가 쏠쏠했다. 여기저기 알밤들이 또르륵 떨어져 있어, 몇 개만 주우면 금방 한 보따리가 되었다. 그 밤 껍질과 속껍질을 입으로 까고 노란 속살의 알밤을 생으로 오도독 싶으면 입안 가득 고소한 알밤 맛을 볼 수 있다. 그게 얼마나 맛있고 고소하든지! 지금도 그 새벽을 가르며 알밤을 주우러 가고 싶다.

　나는 가을이 깊어질 때까지 매일 알밤을 주우러 다녔다. 새벽에 일어나면 얼마나 기분이 좋은지! 상큼한 산소를 많이 머금은 신선한 공기를 깊이 들이마시면 얼마나 기분이 상쾌한지 모른다. 요즘 아이들은 늦게 자고 늦게 일어나니 그 맛을 모를 것이다. 산골의 오염되지 않는 공기, 생각만 해도 몸이 가벼워지는 느낌이다.

다른 사람들 일어나기도 전에 어떤 일을 하면 짜릿한 쾌감을 얻을 수 있다. 먼저 일어나는 새가 먹이를 더 얻을 수 있듯이 말이다. 다른 애들 다 자는데 벌써 나는 밤을 몇 보따리나 줍는 것이 어디 보통 일인가? 마을 사람들은 우리 남매를 항상 신기하게 여겼다. 부지런하고 농사도 잘 짓고, 부모 말도 잘 듣고, 그래서 항상 칭찬이 자자했다. 그런데 나는 그 말이 듣기 싫었다. 왜냐하면, 아버지의 강박에 못 이겨 농사를 도왔기 때문이다. 다른 건 몰라도 농사만큼은 하기 싫었다. 어른도 힘든 일인데 아이들이 오죽했겠는가! 초등학교 들어가기 전부터 중학교 다닐 때까지 거의 9년을 아동 착취당한 것이다. 고등학교 때는 토요일에만 왔다가 일요일에 가니 도울 시간이 없었다.

우리는 눈만 뜨면 집안일부터 농사일까지 잠시라도 쉴 수가 없었다. 여름에는 밭에서 잡초 뽑는 일, 겨울에는 산에 나무도 하러 다녔다. 산에 나무하러 가면 소나무 밑에 소나무 잎들이 소복이 쌓여 있는 것을 갈고리로 끌어 모아 커다란 자루에 담으면 금방 한 포대기가 된다. 그런 게 재미있어서 부모님이 시키지 않아도 동생들과 가끔 산에 가서 나무를 해 오기도 했다. 지금은 추억이 되어 아련히 생각이 난다. 그 나무로 아궁이에 불을 지피면 발갛게 불꽃이 타올랐다. 타닥타닥 소리가 나면서 불을 지피는 재미도 너무 좋았다.

새벽은 하루를 여는 첫 시간이다. 공기가 밤새 정화되어 새벽 공기는 신선하며 건강해지는 기운을 준다. 늦게 일어나는 사람들은 이런 재미를 모른다. 새벽에 안 일어나는 사람은 정말 이런 신선한 새벽의 공기도 모르고 지나갈 것이다. 새벽에 일어나는 사람들도 이것이 습관이 되어 일찍 일어나지 않으면 안 되는 것처럼 아주 정확히 눈이 자동으로 떠진다. 참 신기한 일이다.

선조들도 일찍 자고 일찍 일어나야 한다고 했다. 그런데 요즘 세대들은 그것이 안 된다. 밤늦도록 인터넷과 폰 등을 보고, 새벽이 있는지도 모르고 늦게 일어난다. 아무리 깨워도 못 일어난다. 새벽에 일어나는 사람들은 아무리 늦게 자도 일찍 일어난다.

새벽에 일어나면 좋은 게 많다. 시골에 살면 알밤도 줍고, 아무도 없는 새벽에 일어나면 조용한 자기만의 시간을 가질 수 있다. 바쁜 낮 시간보다 여유롭다. 늦게 일어나는 사람들이 처음부터 새벽에 일어난다는 것은 무리다. 차츰 시간을 늘려서 일찍 일어나게 만들어야 된다. 연습이 필요하다. 매일 일찍 일어나는 사람은 별것도 아니지만 늦게 일어나는 사람이 일찍 일어나는 것은 고행이다. 그래서 많은 노력이 필요할 것이다.

직장 내 따돌림

아침 출근해서 사람들 관리하고 청소하는 등 바쁘게 살고 있었다. 그런데 하루는 같이 일하는 사람들 중 한 명이 갑자기 나를 외면하는 듯한 느낌이 들었다. 나와는 말도 하지 않는 것이었다. 이후 다른 사람들까지 동조해서 같이 왕따를 시켰다.

나는 어릴 때부터 왕따를 당한 사람으로서 별로 개의치 않았다. 그렇지만 신경이 쓰였다. '왜 저 사람이 나한테 저럴까? 내가 특별히 잘못한 것도 없는데, 왜 저러지?' 가만히 생각해 보니 너무나 사소한 일로 나한테 삐져서 저러는 거라는 결론을 내렸다. 그러나 나는 이미 왕따 달인이 되어 있었다. 그것도 모르고 나를 왕따시키려는 것이다.

나는 가소로웠다. 그리고 참 인간이 간사하다고 실감했다.

그래서 나는 더 순수한 동물들을 많이 좋아한다. 강아지는 밥만 주면 늘 날 반기고 충성이 변하지 않으니. 나는 저들을 어떻게 하지, 하고 고민했다. 내가 누군가! 100:1로 싸운 사람 아닌가! 그래서 저들이 어떻게 하나 두고 보려고 가만히 지켜봤다. 그들은 아침에 먹을 음식을 나한테는 먹어 보라고 하지도 않고 자기들끼리만 먹었다. 나는 그 그룹에 굳이 끼지 않았다. 그들이 음식을 사 가지고 와서 먹을 때 나는 커피를 타서 마셨다. 커피는 센터에 늘 비축해 놓았기에 많았다. 그들의 음식은 다양했다. 계란을 삶아서 먹을 때도 있고, 고구마를 삶아서 들고 와서 먹을 때도 있었다. 나는 그들이 어디까지 가나 하고 계속 관찰하고 있었다.

그러던 어느 날 드디어 사건이 터지고 말았다. 그들 중 나를 처음부터 왕따시킨 애와 그 무리 중 하나가 의견 불일치로 싸움이 난 것이다. 나는 속으로 쾌재를 불렀다. 나한테 그러더니 어찌 잘 갈 수 있을 것 같냐?' 그 일이 있고 난 후, 그들 무리는 흩어졌고, 더 이상 음식을 들고 와서 같이 먹지 않았다.

한참 시간이 흘렀다. 그 무리 중 한 명이 나를 찾아왔다. 그리고 나에게 말을 했다. 케어할 사람을 데리고 갔는데, 상대방이 해 주어야 할 일을 하지 않고 자기에게만 일을 자꾸 시켜서 그것이 쌓여서 스트레스가 되었다고. 그게 이번 싸움의 원인이라고. 남을 힘들게 하면 자기가 잘 될 것 같아도 그렇게 되진 않는다. 속된 말로 남의 눈에 눈물 흘리게 하면 자기 눈에는 피눈물 난다. 남도 잘 되어야지 자기도 잘 된다. 의도적으로 나를 왕따시키고 어찌 자기들만이 잘 지내길 바라는가?

이후로 나를 처음부터 왕따시킨 애도 나에게 말을 하기 시작했고 다른 무리들도 나와 말을 하고 지냈다. 아무 일 없었던 것처럼 말이다. 그런데 달라진 점이 있었다. 처음 왕따시킨 애가 이제 나에게는 조심하는 눈치였다. 자기들끼리 무리 지어 왕따를 시켰는데도 꿈쩍을 하지 않으니 나를 만만치 않는 존재라고 느꼈던 모양이다. 나에게는 말도 조심하고 조금은 좀 공손해졌다고 해야 하나?

그리고 자기들끼리 각종 음식을 싸 오면 나에게 항상 권하고는 했다. 나는 과일을 좋아하기 때문에 과자 같은 건 잘 먹지 않는다. 이젠 나이가 더 먹어서 그런지 과일도 전에는 많이 먹었는데 이제는 조금밖에 안 먹는다. 그래서 그들이 먹어 보라고 권해도 어떤 때는 먹지 않는다.

누구는 이렇게 말했다. 하기 싫어도 같이해야 한다고, 자기가 싫어도 같이하고 같이 먹고 해야지 어울릴 수 있다고. 그러나 나는 굳이 먹고 싶지 않은데 먹을 필요는 없다고 본다. 그리고 가기 싫은데 억지로 따라가는 것도 나는 아니라고 본다. 요즘이 어느 시대인가? 자기주장이 강한 시대다. 자기가 없으면 남도 없는 것이다. 물론 타협을 볼 수는 있다. 서로의 의견을 말하고 거기서 공통되는 것을 찾아 서로 공유하는 것이다. 그런데 무조건 따라간다는 것은 정말 아니다. 무조건 따라가면 바보가 되는 것이다.

나는 어릴 때 엄한 교육 아래 꼼짝도 못하는, 힘을 못 쓰는 환경에서 자라 나의 발언권이 하나도 없었기에 어쩔 수 없이 따라가지 않으면 안 되었다. 그렇지만 이제는 할머니 소리를 듣는 시기가 아닌가? 그래서 나는 내 발언권을 마음대로 쓸 수 있다. 이제는 누가 감히 나를 왕따시키지도 못하며, 설사 왕따를 시키려 해도 나는 당하지 않는다. 모든 걸 감내할 수 있는 자격자가 되었다. 그 수많은 시간을 거치며 돌이 닳아서 차돌이 되듯이 그 어디에 접목을 해도 잘 어울리는 거목이 된 것이다. 나는 지금 나이가 제일 좋다. 애들도 다 키워서 자립을 했고, 그 누구도 나에게 간섭해서 감 내놔라 배 내놔라 하지 않는다. 나는 그 누구에게도 휘둘리지 않는다. 나는 그 누구의 도움 없이도 혼자서도 너무 잘살아갈 수 있다. 이리 치이고 저리 치이고 하는 시대는 지났다. 나는 늘 나에게 인덕이 없다고 불만을 표했는데, 이제는 인덕이 많아진 것 같다. 너무 감사하다.

어릴 때는 부모님을 많이 원망했지만, 지금은 부모님을 위해 건강하고 아프지 말고 오래 사시라고 기도도 많이 해 주고, 주말마다 부모님을 뵈러 촌으로 간다. 우리 부모님은 90이 다 되어 간다. 나이가 많이 드셨다. 벌써 한 세대가 저물어 간다. 인생 참 허무한 것 같다. 그렇지만 주어진 시간, 포기하지 않고 열심히 살아가야 하지 않겠는가!

사람 뒤통수치는 사람들

　나는 어릴 때 엄마가 늘 거짓말하면 안 된다, 나쁜 사람 된다, 남의 것을 훔치면 안 된다, 남의 것을 돌같이 봐야 한다는 말을 들으면서 커 왔기에 거짓말을 못한다. 내가 거짓말을 안 하니 남들도 거짓이 아닌 진실만을 말하는 줄 알았다. 그런데 참이 아닌 거짓말을 밥 먹듯이 하는 사람을 보았다. 어디서 그런 거짓을 엮어서 입만 떼면 거짓말인 것이다. 나는 이해할 수가 없었다. 거짓을 진실처럼 하는 것이다. 처음엔 거짓을 말하면 사람들은 그것이 진정인 줄 알고 바로 믿는다. 거짓말을 수시로 하고, 아무렇지도 않게 말하는 사람들을 이해할 수가 없다.

　그리고 이런 사람도 있다. 중간에 이간질하는 사람들, 여기저기 다니며 상대방의 안 좋은 것을 옮겨 다니며 말하고, 여기저기 붙어서 서로에게 안 좋은 말을 하고 다니는 자. 차라리 한쪽만 붙어서 꾸준히 가든가, 간에 붙었다 쓸개에 붙었다를 반복하는 사람, 이런 사람들은 그 누구에게도 신용을 얻지 못한다. 나중엔 신용을 모두 잃어버릴 수 있다.

약속을 지킬 줄 아는 사람이 되어야 한다고 알고 있다. 그런데 거짓말을 하는 사람은 약속을 지키지 않는다. 지킬 줄 모른다. 요즘은 신용이 돈이다. 신용을 잃으면 모든 걸 잃는다. 나는 어느 누가 다른 사람에 대해 안 좋게 얘길 하면 그것을 걸러듣는다. 내가 직접 보고 듣지 않는 이상 그 사람을 안 좋게 보지 않는다. 시간이 모든 걸 알게 해 준다. 시간이 가면 모든 게 드러난다. 누가 그 사람을 안 좋게 말하면 정말 그 사람이 안 좋은지를 관찰한다. 그러면 다 알게 된다. 굳이 그 사람을 안 좋게 평하는 가운데 휩쓸릴 필요는 없다. 설사 그 사람이 진짜 안 좋더라도 안 좋은 걸 남들한테 여기저기 다니면서 말할 필요는 전혀 없다고 본다. 그러면 정말 신용이 떨어진다. 여기저기 얘길 하고 다닐 때 다른 사람들은 이렇게 생각할 수도 있다. '저 사람은 나중에 나를 두고 말할 수도 있겠구나.' 해서 깊은 밀은 그 사람에게 하질 않는다. 그리고 정말 그 사람이 안 좋으면 같이 어울리지 않으면 되는 것이다. 그리고 그 사람을 안 좋게 자꾸 이야기하고 다니면 언젠가 그 사실이 그 사람 귀에 들어가서 그 사람도 알게 된다. 그러니 함부로 이렇게 저렇게 이야기하면 안 된다.

낮말은 새가 듣고 밤말은 쥐가 듣는다고 하지 않았던가! 가볍게 혀를 놀리지 말라고 옛사람들이 말하지 않았던가! 나는 사람을 너무 쉽게 믿는다. 처음 사람을 만나도 그 사람이 말을 하면 진실인 줄 알고 듣는다. 왜냐하면 나는 늘 사실을 말하니 당연히 상대도 진실을 말하는 줄 아는 것이다. 자기 이익을 위해 거짓말까지 하면 안 된다. 그런데 요즘은 왜 그리 거짓말을 잘하는지, 물론 선의의 거짓말은 할 수도 있다고 본다. 그런데 입만 열면 거짓말을 하는 사람들, 그건 정말 아니라고 본다. 세상에 진실 아닌 거짓말하는 사람들이 많을수록 나라가 망하고 국민의 의식 수준이 떨어지고 모든 게 망가진다고 본다. 좀 더 밝은 미래, 좀 더 좋은 나라, 국민이 되려면 진실을 말하는 사람이 많아져야 할 것이다.

기독교와 불교 사이에서

　나의 어릴 때 종교는 따지자면 불교 쪽이다. 엄마 따라 가끔 절에 갔고, 정확하게는 엄마보다는 외할머니를 따라 절에 가끔 갔다. 할머니는 일찍 사별하고, 첫 외손녀인 나를 잘 데리고 다니셨다. 동짓날이나 석가탄신일 같은 날은 쌀 한되박을 등에 메고 할머니를 따라 어린 내가 걷기에 먼 거리를 걸어서 절에 갔다. 어린 내 눈에는 스님들도 법당에 세워진 부처상들도 신기하고 이상했다. 또한 스님들의 불경 소리도 이상했다. 할머니가 절을 하면 나도 절을 해야 되는 줄 알고 따라 절도 했다.

　초등학교에 안 들어갔을 때로 기억한다. 아마 대여섯 살이었을 것이다. 동짓날 같은 경우에는 절에 가서 팥죽도 끓여서 먹고 절에서 하룻밤 자고 다음 날 집으로 돌아오고는 했다. 나는 그게 참 재미있었다. 그리고 당연히 나는 부처를 믿고 절에 다니니 종교는 불교인 셈이다. 엄마가 우리 모두 이름을 절에 올렸다고 했다. 혹여나 우리 마을 깡촌에 교회 선교사가 오거나 하면 나는 절에 다닌다고 어리면서도 단호히 말하고는 했다. 그러면 선교사가 혀를 내두를 정도였다.

중학교 때 나는 사촌 언니를 따라 호기심에 교회 행사하는 곳에 따라간 적이 있었다. 내 또래 애들도 많아서 거기서 재밌게 놀았다. 수건돌리기 게임도 했다. 그렇지만 우리는 불교 집안이라 교회는 가지 않는다고 했다. 풍문으로 교회는 크리스마스 같은 날이면 선물도 푸짐하게 준다고 했다. 나는 불교에서는 못 보던 걸 하니, 문화가 다르구나 생각했다.

교회 옆을 지나가니 지붕 위에 십자가상이 커다랗게 세워져 있어서 참 웅장하다는 생각이 들었다. 그리고 저기 교회는 별천지구나 하며 참 좋다는 생각을 하게 되었다. 어느샌가 내 마음에 동요가 인 것이다. 내가 고등학교 때 남동생이 교회 다닌다는 말을 들었고, 성경책이 눈이 보였다. 막상 성경책을 읽으니 옛말이 떠올랐다. 한 집안에 두 종교를 믿으면 집안이 망한다는 말이었다. 그래서 나는 동생한테 교회에 다니지 말라고 했다. 덧붙여서 두 종교를 믿으면 안 된다고 했다.

그러나 지나고 보니 집안 망한다는 말은 빈말 같다는 생각이 든다. 서로 지향하는 것이 다르니 분쟁이 일어나니 망한다고 했을 것이다.

나는 아들이 3개월 되었을 때 여동생을 따라서 아들을 업고 교회를 방문했고 지금까지 교회를 다닌다. 종교를 믿고 안 믿고는 자유다. 나는 불교도 믿어 봤고 지금은 교회를 간다. 다른 사람은 어떻게 생각할지 모르겠지만, 세상 살아가는 데 나는 뭔가 늘 2퍼센트가 모자랐다. 그런데 지금 교회를 다니고 뭔가 모자란 부분이 채워진 것 같아서 교회가 나한테는 맞다고 본다. 그리고 교회가 좋다. 하나님이 좋다. 그렇다고 교회 가기 싫은 사람을 억지로 끌고 가고 싶은 생각은 없다. 종교를 믿는 것은 자유니까.

나는 누구인가?

지금은 잘 시간이다. 안 자면 내일 일할 때 피곤할 것이다.

나는 가끔 '나는 누구인가?' 하고 나에게 반문하고는 한다. '나는 누구인가? 어디서 왔으며, 무엇을 해야 하는가?' 현재 나이 60을 바라보고 있고, 얼굴엔 어느새 주름이 하나둘 생기고, 점점 기계가 느려지고 녹이 슬 듯이 그 옛날 고무줄을 열심히 하던 꼬맹이 인순이는 늙은 연식이 많은 차처럼 녹이 슬어가고 있구나! 우리 엄마, 아버지도 거동을 잘 못하셔서 한 분은 병원에, 또 한 분은 촌에 계시면서도 동생 내외의 도움을 받아야 한다. 그 젊던 우리 엄마 아버지가 말이다. 천사의 미소를 짓던 우리 엄마, 늘 양지바른 마당에서 바람의 힘으로 벼의 낱알을 골라 담으시며 환하게 웃으시던 엄마. 그때가 아련하게 떠오른다. 세월이 무색하게 한 세기가 흘러가는구나! 이제 남은 인생 얼마나 남았을까? 오직 신만이 아시겠지…. 어떻게 살아야 이 남은 인생 차곡차곡, 알차게 살아 마지막에 기쁘게 눈을 감을 수 있을까? 눈 깜짝할 사이에 이렇게 되었구나! 그때 왜 그랬을까? 그런 부분도 많겠지. 하지만 다시 그 시절로 돌아가라면 절대 돌아가고 싶지 않다. 또다시 그런 암울한 인생을 산다는 건, 끔찍할 것 같다. 아니지, 더 재밌고 보람찰 수도 있지. 더 좋은 인생으로 설계되어 잘살아갈 수도 있을 거야! 그렇지만 그런 일은 두 번 다시 없겠지….

자, 그럼 남은 인생 열심히 잘살아야겠다. 그때그때 주어진 일에 최선을 다하며 때로는 웃고 때로는 조금 슬픈 날도 있겠지. 그렇지만 나는 살아가야 해. 어디로 돌아갈 길은 없어, 꼭 그 길을 가야 한다면 가야지. 내 모습이 어떻든 가야지 끝까지. 마지막까지, 내 운명은 나의 것이니까. 정말 아름답게 예쁘게 장식을 하며 기쁜 일만 일어나기를 빌어 본다. 나의 신께… 누구나 그러하겠지! 어떤 이는 '인생 뭐 있어?' 별거 아니라고 하시만 인생이 얼마나 큰지는 가늠할 수 없다. 무한한 미래의 그 모든 것이 몰려올 것이다. 나의 과거 암울했던 그 순간은 다 가고 이제는 자신이 있는 60이 오고 있다. 애들도 다 자기 자리를 잡았고. 귀여운 꼬물이들도 나에게 큰 즐거움을 주고 흐뭇하게 웃음 짓게 한다. 그들 또한 인생을 살아가겠지. 그래, 나의 아이들은 지난날 내가 살아온 생을 보며 훈련하겠지. 생활력이 넘치는 나의 모습, 열심히 산 나날이 뇌에 기록되어 그들이 살아가는 데 길잡이가 될 거야. 걱정 없어. 사회를 살아가다 보면 때론 막힐 때도 있지. 그러면 잠시 쉬어 가면 돼. 시간이 지나면 어려운 것도 쉬워져. 미래의 아이들에게서 나는 희망을 보았다. 그들의 앞날은 찬란히 빛나게 될 것이다. 또 그렇게 되기를 빌어 본다.

나의 인간관계

나는 지금 열심히 하루하루를 살아가고 있다. 이제는 하루하루가 재밌다. 내가 하는 일에 모르는 것이 없으므로 막히지 않아 잘나가고 있다. 같이 일하는 사람들도 좋은 사람들이고 잘 통한다. 서로 이야기하는 부문도 너무 좋고, 일하면 피곤하지만 보람도 있다. 시간이 되면 우리는 맛있는 저녁도 같이 먹으러 간다. 서로 고민이 있으면 서로 이야기해서 해결점도 찾아낸다. 같이 일하는 동료가 이렇게 마음이 맞고 일이 재밌으면 모든 게 잘 풀린다. 이제는 모든 일에 자신이 있고 기쁘다. 스트레스 없는 직장인 셈이다.

물론 월급은 적다. 아는 친구가 이직 의사를 밝히길래 내가 연락을 했다. 마침 좋은 자리가 있어서 그 친구에게 미리 연락을 한 것이었다. 그 친구는 고심 끝에 안 간다고 했다. 지금 일하는 곳의 임금이 높단다. 임금 차이가 많이 나는 것이다. 그래서 나는 말했다. 돈에 목숨 걸지 말라고, 나는 돈에 목숨 걸지 않는다고, 돈은 있다가도 없어지고, 또 돈은 벌면 된다고, 사람의 모든 병이 스트레스에서 온다. 물론 돈을 벌기 때문에 스트레스가 전혀 없을 수는 없다. 누구나 받는다. 그렇지만 계속 스트레스를 크게 받다 보면 병이 생기는 것은 시간문제다.

나는 돈에 목숨 걸다 보면 10년은 더 일찍 죽는다고 했다. 이제 선택은 친구 몫이다. 옛날 삼성 창업주이신 이병철 회장님도 병으로 돌아가시지 않았는가! 큰 병에 걸려서 의사 보고 자기 병 고쳐 주면 재산의 반을 주겠다고 했지만, 결국 고치지 못하고 돌아가셨다. 건강 잃으면 다 잃는다고 했다. 건강해야 돈도 벌고 사과나무도 심을 것이 아닌가! 건강은 건강할 때 지켜야 한다. 건강해야 친구도 있고 부모도 있고 자식도 있는 것이다. 건강이 없어지면 모든 게 없어진다.

전에 내가 아는 사람 중의 나와 나이도 같고, 키도 비슷한 사람이 있었다. 내 나이 50줄에 우연히 알게 된 애였다. 그런데 걔는 술을 너무 마시고, 건강도 보아하니 엉망이 된 상태였다. 그런데 자기 몸을 돌보지 않고 그냥 버려 두는 것 같았다. 막

산다고 해야 할까? 그런 상태는 술도 완전히 마시면 안 되고, 자기 건강을 위해서 고군분투해야 하는데도 그는 아무렇게나 막 살았다. 나는 걔를 보면서 늘 걱정이 되었다. '저렇게 살면 안 되는데… 어떻게 저렇게 살지?' 의문에서 그치지 않고 한 번씩 조언도 해 줬다. 그런데 그런 생활에 이미 많이 젖어 있는 상태라 바꾸지 못했다. 아니 바꿀 수 없었다. 그럼에도 그는 그런 생활에서 벗어나야 했다. 그런데 그는 그러질 못했다. 일정한 직업도 없고, 그나마 근근이 하던 아르바이트도 코로나를 이유로 그만둔 상태였다. 또 아르바이트해서 돈이 생기면 술만 사서 마셨다. 식사도 제대로 챙기지 않는 것 같았다. 가끔 연락을 주고받았는데, 어느 날 갑자기 아는 지인으로부터 간에 무리가 와서 죽었다는 얘기를 들었다. 고작 그의 나이 53세였다. 아무리 막 산다고 하더라도 너무 짧은 인생이지 않은가? 인생은 60부터라는데 그는 시작도 못하고 막을 내린 것이다. 참 인생 허무하게 흘렀다.

그러니 돈에 인생 걸지 말고 목숨 걸지 말아야 한다. 돈은 많을수록 좋지만, 무조건 건상이 최고다. 건상 위에 모든 것이 있고, 건강해야 모든 것을 수반할 수 있다. 그 친구는 돈 40에 목숨을 걸었다. 돈에 연연하지 않고 건강하게 자기 삶을 잘살아가길 바란다.

돈에 목숨을 걸다

나이 54세 성별 여. 같이 일했던 동료다. 사람은 참 착하다, 순수하고. 그런데 이 사람은 이제 이 지구상에 존재하지 않는다. 진실한 사람이었고, 일도 빈틈없이 잘했다. 문제는 자기 몸을 돌보지 않았다. 희생하는 사람이었다. 손자들도 많이 보살펴 주고 일도 열심히 했다. 누가 부탁을 하면 거절하지 못했다. 다른 사람들 일도 많이 거들어 줘서 주위 사람들이 일을 수월하게 할 수 있었다.

어느 날 병이 들었다. 위암이라 했다. 그래서 병원에서 수술을 받았다. 그리고 몇 달 몸조리를 했다. 그런데 몸도 다 회복하기 전에 일을 하러 왔다. 이 사람은 몸에 살이 쪘었는데, 병원

갔다 온 후 살이 많이 빠져 삐쩍 말라 보이기까지 했다. 그런 상황에서 직장 일은 너무 바빴다. 그렇게 동분서주하다 보니 자기 몸이 축 나는 것도 몰랐다. 점점 살이 더 빠지는 것 같았다. 위절제 수술을 받았기 때문에 밥도 제대로 먹지 못했다. 전에 입은 옷들은 맞지 않아서 다시 옷을 구입해야 했고, 그런 와중에 손자까지 돌봐 주고 있었다. 사위들이 집에 오면 반찬이며 김장이며 해 줬다.

그런 그가 나는 걱정되었다. 그런데 이 사람이 또 술을 잘 먹었다. 이런 삶을 계속 사니 사람이 배겨 낼 수가 있겠는가? 그 사람은 갈수록 살이 빠졌다. 병을 앓았기 때문에 조심했어야 했는데, 이 사람은 그렇게 하지 않았다. 수술하고 한 3개월 쉬고 3년을 일했다. 그녀를 둘러싼 일은 계속 있었기에 도무지 쉬질 못했다.

어느 날 그 사람이 보이지 않았다. 소식을 물으니 암이 재발했다고 했다. 수술할 때 다른 곳으로 암이 전이되어 있었다고 한다. 일을 하면 안 되는 상태였는데 자기를 희생하면서끼지 동분서주 일을 한 것이다. 그 사람은 재입원했다. 그때 나이 겨우 58세였다. 참으로 인생이 허무하기 짝이 없다.

다시 병원에 입원해서 3~4개월 되던 때 갑자기 그가 죽었다는 소식이 들려왔다. 엊그제까지도 우리와 멀쩡히 일을 했는데, 갑자기 그런 통보가 온 것이다. 우리는 믿을 수가 없었다. 인생 참 황당하고 허무하기 짝이 없었다. 그런데 참 아이러니한 건 그토록 일을 했는데 문상을 가는 사람도 별로 없었다. 심지어 일을 해 줬던 곳 주인도, 그에게 일을 부탁한 상관도 문상을 가지 않았다. 장례식장 안은 썰렁했다. 나이가 어려서 상을 치르니 가는 사람도 별로 없었다. 딸과 사위, 그외 몇몇 사람이 장례식장을 지키고 있었다. 참으로 황망하기 그지없었다. 자기 몸을 돌보지 않고 열심히 도와주고 살았지만, 사람들은 그 공을 모르는지 잊었는지 문상도 가지 않았다. 참으로 무모한 사람이다. 자기가 자기 몸을 돌봐야지, 누가 몸을 돌봐 주겠는가? 이 사람은 건강과 동시에 모든 것을 잃은 것이다. 그러니 돈에 절대 목숨을 걸면 안 된다. 돈이 자기를 따라야지, 돈을 쫓으면 안 된다. 정말 건강이 최고다. 돈보다 목숨이다.

젊은 과거 사진

막내 동생이 폰으로 사진을 전송해 왔다. 막내는 사진이나 그림 같은 걸 모아서 고이 간직하는 습관이 있었다. 내 나이 60이 다 되었는데 그 사진 속 주인공은 아주 젊디젊은 새파란 청춘이었다. 그리고 어느 정도 미모가 있었다. 나의 젊을 적 사진이었다. 젊은 아가씨였다. 그때 나이가 20대였다. 그 사진을 보는 순간 낯설게 느껴졌다. 나는 깜짝 놀랐다. '정말 이게 나란 말인가? 나에게 이런 모습이 있었나?' 믿어지지 않았다. 이리 보고 저리 봐도 익숙하시가 않았다. 그런데 그 사신을, 젊었을 때의 사진을 보니 '아! 나에게도 청춘인 때가 있었구나! 누구도 부인하지 못하는, 부인할 수 없는 시절이 나에게도 있었구나!' 인정하지 않을 수가 없었다. 정말 그때 내가 참 예뻤구나! 참 아름다웠구나! 그런데 왜 나는 내가 예쁜지 몰랐을까? 왜 내게 예쁘다고 말해 주는 사람이 없었을까? 요즘은 못생겨도 예쁘다고 한다. 그럼 진짜 예쁘다고 생각한다. 아마 기 죽지 말라고 말해 주는 것 같다. 나도 내가 예쁜 줄 몰랐던 것은 나를 포함해 주위 사람들도 바쁜 삶을 살았기에 그랬던 모양이다. 그렇게 스스로 위로를 해 본다.

동생은 엄마와 아버지의 젊을 적 사진도 보내 왔다. 우리 아버지는 잘생겼고, 사진 속의 엄마는 얼굴도 발그스레하니 예뻤다. 두 사람 다 웃고 있었다. 사랑스러웠다. 그래, 우리 엄마 아버지도 이렇게 예뻤구나. 나는 내 사진보다 부모님의 사진이 더 익숙하고 친근하게 느껴졌다. 부모님의 사진을 보니 현재 부모님 생각이 나서 서글픈 생각이 들었다. 젊을 때가 있었는데, 저렇게 벌써 나이가 드셨구나! 세월이 정말 빠르구나! 부모님의 세월은 좀 느리게 흘렀으면 얼마나 좋았을까! 이런저런 생각이 들었다.

여전히 나의 사진은 낯설게 느껴진다. 거짓말 같다, 저런 내 모습이. 사진을 볼 때마다 익숙지가 않다. 그 사진을 보고 현 내 모습을 비춰 보니, 어느새 흰머리가 숭숭 올라오고 하얀 백발이 멀지 않은 느낌이다. 나도 우리 엄마처럼 늙어 가겠지. 머리도 하얗게 변하고, 그럼 그때는 내 모습이 낯설지 않을까?

나는 나이 들어도 자식들이나 주위 사람들에게 신세 안 지고 살아야 한다고 다짐한다. 절대로. 우리 아버지는 식물인간처럼 식사도 못하시고, 콧줄로 생명을 연장하고 있다. 지금 당장 깨어난다 해도, 나이 수준은 거의 제로다. 한때는 우리를 호령하고 꼼짝도 못하게 하던 호랑이 같은 아버지가 세월을 못 이기고 이빨이 다 빠진 호랑이처럼 저렇게 누워 있다. 밤인지 낮인지도 모르고, 죽지도 살지도 못하고 저렇게 병상에 누워 지낸다. 1년이 다 되어 간다. 차라리 의식이 없는 게 천만다행이지. 만약 상태가 저런데 인지 기능이라도 살아 있다면 아버지는 지옥 같은 삶을 살고 있을 것이다.

나는 나의 젊은 사진을 가끔 본다. 그런데 볼 때마다 그 사진은 낯설다.

인간이 만들어진 이유

태어났을 때 나는 아무 힘이 없었다. 오직 부모님이 나를 키우기 위해 젖도 먹이고 조금 크면 밥도 먹여서 키웠다. 어릴 때 아버지는 늘 나를 키우기 위해 맹훈련을 시켜서, 논일도 밭일도 열심히 하게 만들었다. 나는 어리고 힘이 없어서 아버지가 시키는 일은 어쩔 수 없이 했다. 그런데 그게 경력이 되어서 내가 세상 살아가는 데 도움이 되었다. 아무리 모진 세파라도 헤쳐 나갈 수 있는 힘을 기를 수 있게 만들어 준 것이다.

어릴 때는 늘 아버지를 원망했다. 사실 커서도 원망했다. 아무리 훈련이라도 그렇지, 어떻게 그렇게 할 수 있는가? 농사일 뭐든지 간에 정말 하기 싫었다. 마늘 농사, 양파 농사… 농사꾼이라면 지긋지긋했다. 그래서 절대로 농사짓는 집엔 시집가지 않겠다고 생각했다. 그런데 요즘은 다 기계로 해서 옛날처럼 힘들이지 않고도 쉽게 농사지을 수 있다. 그리고 요즘은 웬만한 농사꾼들이 더 잘사는 세상이 되었다.

아마 고등학교 1학년 때였을 것이다. 내가 존경하는 국어 선생님이 첫 시간에 들어왔다. 나는 수학 기초를 놓쳐서 못했고, 그래도 암기 과목은 외우는 것이기에 열심히만 하면 따라잡을 수 있다는 자신감이 있었다. 선생님이 칠판에다 '인간이 왜 태어났는지 아는 사람?'이라고 썼다. 이에 우리는 다들 웅성웅성 떠들었는데, 선생님은 물론 부모님의 사랑 속에 태어났겠지만 그것 말고 태어나는 이유를 물었다. 나는 그때 무슨 용기가 있었는지 손을 번쩍 들었다. 어떤 생각이나 계획이 있었던 것도 아니었다. 그냥 아무 생각 없이 튀고 싶어서 즉흥적으로 손을 든 것이었다.

선생님은 나를 지목하고 나오라고 하셨다. 나는 성큼성큼 밖으로 나갔다. 나의 걸음걸이는 또 얼마나 씩씩하고 용감무쌍한지 선생님은 나에게 분필을 주셨다. 칠판에다 이유를 쓰라고 주신 것이다. 나는 분필로 자그마한 아기가 금방 태어나서 울음을 터뜨리는 모습을 그렸고, 그 옆에는 선을 길게 그어서 맨 나

212

중에는 무덤을 그렸다. 그리고 나는 설명하기 시작했다. 우리는 태어나는 동시에 죽음을 향해 간다. 언젠가는 죽는 것이다. 그 누구도 죽음을 피해 갈 수는 없다. 지금도 우리는 죽어 가고 있다. 세포가 계속 죽어 가듯이. 그런데 숙제가 있다. 죽음을 향해 천천히 가는 동안에 할 일 말이다. 사람이 살아가고자 할 때는 희로애락이 있다. 그 모든 시간이 인생이다. 우리 인생을 어떻게 사느냐에 따라 희비가 갈려지고, 또 얼마나 열심히 살아가느냐에 따라 마지막 죽음을 앞두고 '보람 있게 죽을 것인가, 보람도 없이 죽을 것인가'가 달려 있다고 본다. 지금은 이렇게 설명을 어느 정도 했지만 그때는 조금 어설프게 이런 비슷한 설명을 한 기억이 있다.

우리 육은 자연으로 왔다가 자연으로 돌아가지만, 보이는 육이 없어지면 내 속에 있는 영혼이, 우리 육이 얼마나 잘살았는지에 따라 좋은 길로 아님 나쁜 길로 간다고 한다. 그러니 보이는 육이 사는 100년만 있는 것이 아니라. 영원한 세계, 영의 세계가, 보이는 우리 몸이 죽으면 영혼의 세계로 가는 것이다. 그러니 우리 몸이 있을 때 모두 잘살아서 좋은 곳으로 갈 수 있으면 좋겠다. 남한테 나쁜 짓 하지 않아도 얼마든지 잘살아갈 수 있다. 남한테 원한 사지 말고, 우리가 태어나고 싶어서 태어나

는 것이 아니지만, 이왕 태어났으니 죽는 그날까지 열심히 잘살

아가야 하지 않겠는가?! 평탄하게 잘살기를 바란다.

나는 태어날 때부터 왕따였다

초판 1쇄 인쇄 | 2025년 12월 23일
초판 1쇄 발행 | 2025년 12월 30일

지은이 | 김희진

펴낸이 | 최원교
펴낸곳 | 공감

등   록 | 1991년 1월 22일 제21-223호
주   소 | 서울시 송파구 마천로 113
전   화 | (02)448-9661 팩스 | (02)448-9663
홈페이지 | www.kunna.co.kr
E-mail | kunnabooks@naver.com

ISBN 978-89-6065-341-2 (03810)